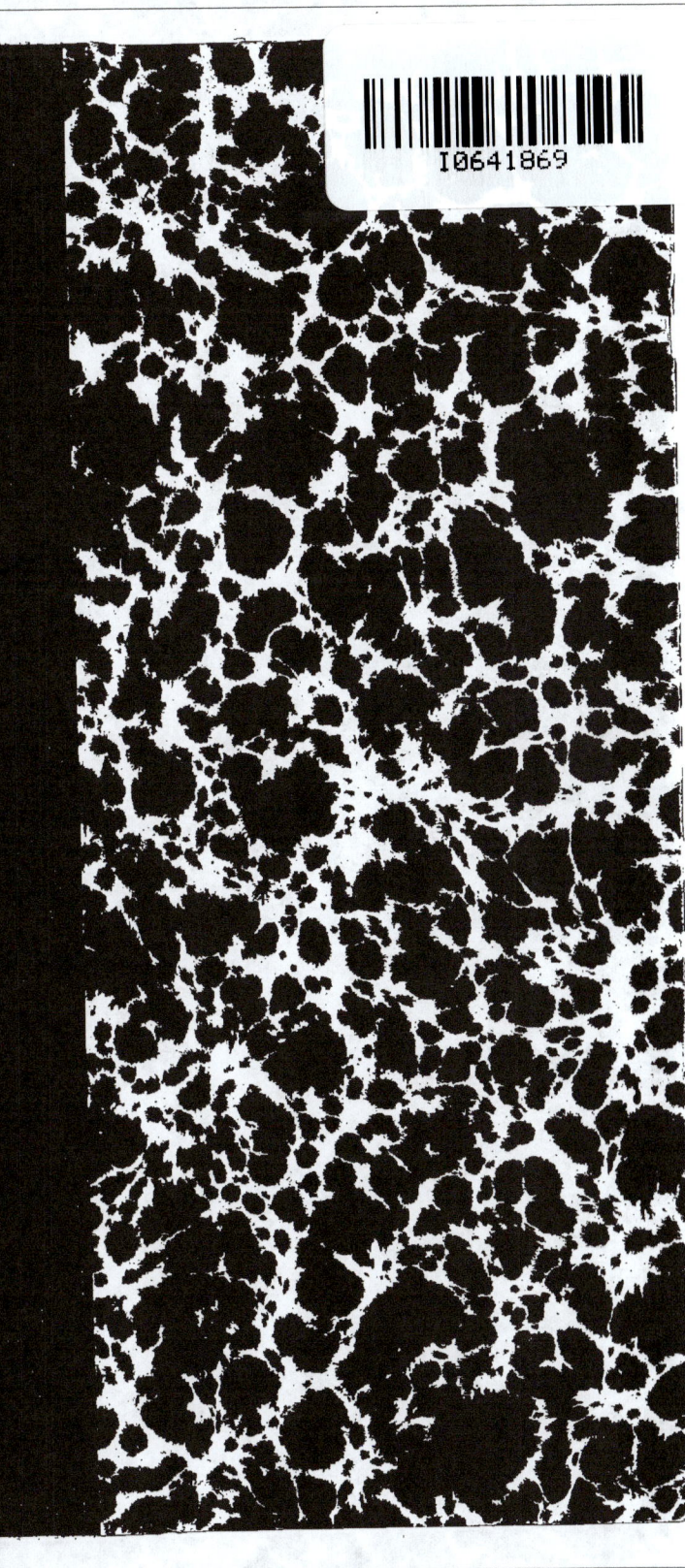

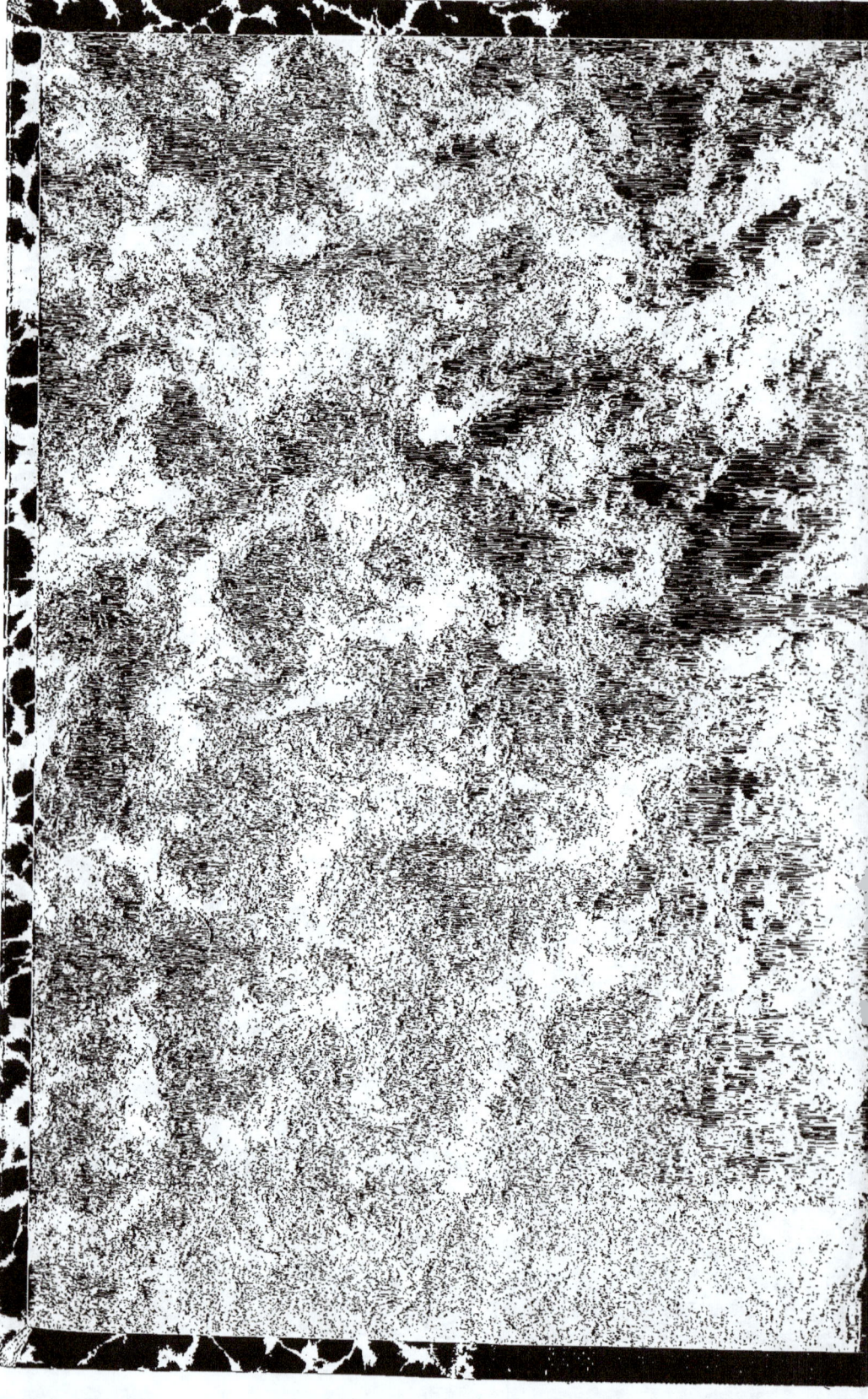

FEUX DE PAILLE

PAR LE VICOMTE RICHARD O'MONROY

FEUX DE PAILLE

CALMANN LÉVY, ÉDITEUR

DU MÊME AUTEUR :

Format gr. in-18

PARIS. — IMPRIMERIE CHAIX, 20 RUE BERGÈRE. — 11126-1.

FEUX
DE PAILLE

PAR

LE VICOMTE RICHARD
(O'MONROY)

PARIS

CALMANN LÉVY, ÉDITEUR

ANCIENNE MAISON MICHEL LÉVY FRÈRES

3, RUE AUBER, 3

—

1881

A

MARCELIN

Tu Marcellus eris !.....

Tu seras un fidèle de Marcelin.

FEUX DE PAILLE

PARTIE ET REVANCHE

I

Certes, on ne s'ennuyait pas sur la passerelle réservée de *l'Éclair*, bateau à vapeur qui fait le service entre Trouville et le Havre. D'abord le temps était magnifique ; la mer, sans être bien méchante, *moutonnait* par coquetterie, et semblait frisée au petit fer, avec des boucles d'un blanc d'argent. Le bateau était encombré d'une foule nombreuse se rendant aux courses de Deauville ; à l'avant surtout, le public était des plus élégants, et plusieurs petites femmes, en costume de foulard jaune et rouge, à grands dessins, assises sur des pliants, s'étaient accotées, pour plus de sûreté, contre le dos de complaisants voisins.

On venait à peine de sortir du port, et tout le monde était très gai; du haut de la passerelle réservée, Maxence, Boisonfort et plusieurs amis du Cercle regardaient au-dessous d'eux ce spectacle si parisien; déjà ils avaient aperçu Juliette de Montlhéry, Petrola, de la Renaissance, entourées de nombreux amis; puis, accoudée près de la proue, la grande Alice Beauvoir qui, chose extraordinaire, n'était pas accompagnée de son inséparable Palamède.

— Ah çà, s'écria Boisonfort, est-ce que Alice viendrait seule à Trouville?

— Diable! répondit Parabère, il faudra voir cela; ce serait une de ces rares occasions qu'il ne faudrait pas laisser échapper.

Pendant ce temps, un monsieur qui avait galamment engagé la conversation avec Petrola, pâlissait à vue d'œil et paraissait véritablement mal à l'aise.

— Je parie que le monsieur va être malade, dit Parabère, qui ne perdait jamais une occasion de parier.

— A combien le prends-tu? demanda Boisonfort.

— A trois contre un.

— Ça va, je te tiens, vingt-cinq louis !

Et aussitôt l'on prit des lorgnettes et l'on se mit à suivre avec la plus profonde attention la maladie du monsieur. Un moment le mal de mer sembla enrayé, mais bientôt il gagna du terrain et fit des progrès sérieux. Le monsieur n'était plus pâle, il était vert.

Boisonfort descendit immédiatement le petit escalier de la passerelle, et s'adressant à Juliette et à Petrola :

— Écoutez, Mesdemoiselles, leur dit-il tout bas, de grâce, ne donnez pas d'émotions vives à ce monsieur. Ne le faites pas rire, ménagez-le. J'ai parié qu'il arriverait à Trouville sans être malade. Vous seriez tout à fait gentilles de m'aider à gagner mon pari.

— Ça va être très amusant, s'écria Petrola, nous allons le soigner !

Juliette regarda le monsieur. Il était véritablement vert pomme.

— Écoutez, mon pauvre ami, je crains que le cas ne soit désespéré ; enfin, on fera ce qu'on pourra.

Et, aussitôt, elles obligèrent le monsieur à s'asseoir, lui défendirent de regarder les lames et le firent contempler un nuage fixe.

Le monsieur obéit, et Boisonfort remonta sur la passerelle un peu rasséréné.

— Eh bien ! dit Parabère triomphant, je crois que cela marche.

— Nous allons rire, répondit Boisonfort, j'ai les femmes pour moi.

L'histoire avait circulé, et tous les passagers avaient fini par s'intéresser au sort du monsieur, les uns pour, les autres contre.

A certains mouvements de tangage, ledit monsieur avait l'air si malade, que Parabère triomphait, mais aussitôt Petrola tirait son flacon de sels, le fourrait sous le nez du monsieur qui revenait à la vie, et envoyait un regard triomphant à Boisonfort, qui eût volontiers crié : Bravo ! comme aux courses.

Et, pendant ce temps, on gagnait du terrain. Déjà l'on avait dépassé les Roches-Noires et la Tour Malakoff ; la jetée de Trouville n'était plus qu'à quelques centaines de mètres et le monsieur résistait toujours.

Boisonfort devenait goguenard.

— Je crois, dit-il à son ami, que tu peux apprê-ter tes soixante-quinze louis.

Parabère ne disait rien, mais il commençait à être inquiet. C'était pourtant le moment de faire marcher ce mal de mer à la cravache. D'un regard, il montra à Juliette la grande Alice, qui n'avait pas quitté sa place.

— Tiens ! Alice est ici ? dit Juliette, qui ne

voulait pas abandonner son malade. Alice ?
Alice !

Alice aperçut ses amies, poussa un cri d'étonnement et accourut toute joyeuse. A la vue de
cette jolie fille, le monsieur voulut se lever pour
esquisser un salut. Mal lui en prit. Ses lèvres
devinrent toutes blanches, il ferma les yeux et
n'eut que le temps de se précipiter vers les écou-
tilles... Tout était fini.

— Victoire ! cria Parabère.

— Allons, dit Boisonfort, voilà mes vingt-
cinq louis, mais je n'ai pas de chance ; sans
Alice, je gagnais.

On était arrivé à Trouville. Parabère descendit
à la hâte remercier Alice Beauvoir de son
heureuse intervention ; puis, s'approchant de
Juliette :

— Dis donc, est-ce que Palamède n'est pas avec
elle ?

— Non, je ne crois pas ; elle est montée toute
seule au Havre.

— Le monsieur malade ! Alice toute seule !
mais j'ai donc toutes les chances aujourd'hui,
cria Parabère ravi. Écoute, ma petite Juliette,
permets-moi d'abord de te laisser mes vingt-cinq
louis, puisque c'est toi qui m'as fait gagner en
appelant ton amie ; ensuite sois une bonne camarade, et décide Alice Beauvoir à venir se pro-

mener demain sur les planches à trois heures, veux-tu ? Tu ne sais pas quelle reconnaissance je t'aurai !

— Eh bien, soit ! je tâcherai de l'amener, dit Juliette en riant ; mais c'est tout ce que je puis faire.

Et, prenant son petit sac en cuir de Russie, elle monta dans un panier à tringles de fer, et partit en envoyant un dernier sourire à l'amoureux Parabère.

Le lendemain, à trois heures, Parabère, pimpant, en joli costume à petits carreaux blanc et bleu, un bouquet de fleurs à la boutonnière, attendait avec fièvre au bas de la rue de Paris, devant le kiosque de la marchande de journaux. Bientôt il vit apparaître la brune Juliette donnant le bras à la belle Alice Beauvoir. Celle-ci était plus jolie que jamais. Sa taille longue et mince était moulée dans un corsage Louis XV en satin feu, s'ouvrant à la française sur une jupe crème. Sa tête fine et intelligente apparaissait sous un *bambaios* de paille, qui valait bien vingt-cinq sous, mais qu'elle avait couvert de fleurs naturelles, et relevé de côté par un nœud de satin feu.

— Eh bien, et le Palamède ?... demanda tout bas Parabère à l'oreille de Juliette.

— Je n'ai pas osé l'interroger, répondit Juliette;

mais je puis vous affirmer que, jusqu'à présent, je n'ai pas aperçu l'ombre d'un Palamède.

— Bravo! s'écria Parabère. Tout me prouve qu'elle est ici seule, et je n'ai qu'à poser carrément ma candidature.

Et aussitôt, il s'empressa auprès des deux amies, se mettant tout à leur disposition, offrant son bras, son temps et son argent pour tout ce qu'on voudrait.

— Ah! bien, dit Alice, cela tombe à merveille; vous allez précisément me prendre un abonnement de quinze jours au Casino de Trouville.

Cette petite commission était tout particulièrement désagréable, étant donné le rigorisme des administrateurs du Casino ; mais il n'y avait qu'à s'exécuter, et, d'ailleurs, c'était une nouvelle preuve que Palamède n'était pas là. Maxence se présenta au bureau et demanda un abonnement pour *madame* Beauvoir.

— Qu'est-ce que c'est que madame Beauvoir ? demanda sévèrement un vieux monsieur décoré, coiffé d'une calotte de velours. Ne serait-ce pas une certaine Alice Beauvoir qui... ?

— Monsieur, madame Beauvoir est une femme parfaitement honorable.

— Vous m'en répondez ?

— Absolument.

Ouf! Parabère avait son petit carton; il le rapporta triomphant à la belle Alice, qui renferma le *ticket* dans sa bourse en remerciant vivement le commissionnaire. Puis, ces dames éprouvèrent le besoin d'aller au tir au pigeon. La chaleur était accablante, et le tir au pigeon était installé dans une plaine en plein soleil, à quelques centaines de mètres de Deauville. La rangée de petits drapeaux qui bordaient le champ de tir ne formait qu'une ombre très insuffisante. Juliette et Alice tiraient en dépit du sens commun et faisaient des paris insensés. Elles perdirent une somme assez ronde qui fut gaiement soldée par Parabère; puis l'on revint à Trouville, pour faire le petit tour de planches de cinq heures.

Ah! si Parabère n'eût pas été si amoureux, jamais il n'eût risqué une épreuve semblable! Passer avec Alice devant mesdames de Taradel, de Précy-Bussac, de Tournecourt, de Chameroy; affronter le lorgnon terrible de la Princesse; essuyer au passage le sourire de reproche de la bonne Baronne, c'était terrible! Que ne lui dirait-on pas le soir au bal de Deauville? Comment s'excuserait-il auprès de ces belles élégantes si sévères dans le choix de leurs amis, si méticuleuses sur la question de forme? Pour échapper à cette situation, Parabère proposa une petite promenade dans la rue de Paris, devant les vi-

trines des magasins de curiosités. Il y avait de
très jolies choses chez le fameux Grosfuret, et un
peu plus bas « A la croix de mon père ». Ces
dames ne se firent pas trop prier. Juliette accepta
un bracelet ancien et Alice attacha autour de son
cou un collier composé de vieilles médailles ro-
maines retenues par des chaînettes d'argent, une
véritable merveille.

On alla aussi chez le marchand d'ivoire choisir quelques-uns de ces bibelots très chers qui
n'ont d'autre mérite particulier que d'avoir Trouville écrit en lettres bleues sur un coin quelcon-
que. Maxence payait sans compter. C'était de
l'argent bien placé. Alice s'appuyait si gentiment
sur son bras ; évidemment elle se plaisait avec lui,
ils n'allaient plus se quitter pendant tout leur
séjour à Trouville. Maxence entrevoyait un petit
roman charmant, bains, promenades qu'on ferait
bras dessus, bras dessous, à Honfleur, Villerville,
Houlgate, Dives, Beuzeval! Enfin, il allait donc
réaliser son rêve....!.

— Mes enfants, dit tout à coup Alice, voici
six heures ; il faut que je vous quitte.

— Où vas-tu ? demanda Juliette.

— Je vais à l'arrivée du bateau chercher mon
Palamède. Il n'a pu partir qu'aujourd'hui. O
mon Palamède!

Et disant brusquement adieu à ses amis, elle

                                          I.

disparut rapidement dans la direction du port avec tous ses petits achats.

— Eh bien, mon pauvre camarade, vous voilà refait ! dit Juliette en éclatant de rire. La journée est perdue.... Ne vous désolez pas, ça peut se retrouver. Allons, venez dîner à l'hôtel de Paris.

Parabère, en soupirant, partit avec Juliette..... mais ce n'était pas la même chose.

II

Néanmoins, Parabère n'était pas homme à jeter
le manche après la cognée. Et tout d'abord il se
fit présenter à l'heureux Palamède, qui n'eut rien
de plus pressé à son tour que de le présenter très
cérémonieusement à Alice. Celle-ci, en s'incli-
nant, avait un certain air espiègle.... Avait-elle
dû rire de lui, l'autre jour, en se rendant au bateau ! Qui sait ? Elle avait peut-être raconté tout
à Palamède. Cette idée exaspérait Parabère. Était-
ce de la haine ? était-ce de l'amour qu'il avait
maintenant pour Alice ? Je ne sais, mais le fait
est qu'il la désirait plus que jamais. La plus
douce intimité s'était d'ailleurs bien vite établie
entre Palamède et son nouvel ami.

Parabère venait chaque jour faire des visites
dans la petite maison de la rue des Sablons. Julie
elle-même, la femme de chambre, avait fini par le
considérer comme de la maison : mais Palamède

était toujours là et ne quittait pas plus Alice que son ombre.

Un jour, cependant, Parabère invita le jeune ménage à dîner aux Roches-Noires.

— Impossible, répondit Palamède, je dîne ce soir à l'Union Club.

Parabère saisit la balle au bond.

— Eh bien, mon cher, si vous n'acceptez pas mon dîner, venez au moins déjeuner avec moi. Il y a un petit restaurant au Havre-de-Grâce, près de Honfleur, d'où l'on jouit d'une vue superbe. C'est à peine à deux lieues d'ici. Je vous mènerai avec ma voiture.

— J'accepte ! s'écria Alice, qui adorait ce genre de parties.

— Alors j'accepte aussi ! dit Palamède en riant. Mais l'on me promet que je serai revenu à temps pour le dîner du Club ?

— Soyez sans inquiétude, la voiture nous ramènera en moins d'une demi-heure.

Le lendemain matin, en effet, les trois voyageurs partirent dans la victoria de Parabère, dont les deux chevaux percherons allaient comme le vent. On arriva au petit restaurant établi au Havre-de-Grâce sur la falaise, d'où l'on aperçut toute la côte du Havre et l'embouchure de la Seine. Le coup d'œil était magnifique. Les petits bateaux à vapeur allaient et venaient, traversant cette langue de mer dans laquelle il est facile de distinguer les eaux de la Seine, d'une nuance plus claire. A l'horizon l'on apercevait les phares et Sainte-Adresse. Parabère fit installer une table sur la falaise même, et partit donner quelques derniers ordres à son cocher. Puis il revint s'attabler. Je ne sais pourquoi, il avait l'air radieux ; quant à Palamède, il se laissait tout entier aller au plaisir de passer quelques heures agréables avec un excellent ami et une maîtresse adorable .Aussi le déjeuner fut très gai et se prolongea assez avant dans la journée. C'était si bon de rester tranquillement à causer, les coudes sur la table, en fumant de bons cigares et en regardant le panorama ensoleillé qu'on avait devant soi. Néanmoins Palamède n'oubliait pas le dîner du Club.

— Je crois, dit-il, que ce serait peut-être le moment de faire atteler ?

— Eh bien, je vais donner les ordres, dit Parabère ; précisément voilà Jean.

Le cocher venait, en effet, d'apparaître, mais avec une telle figure qu'on vit bien qu'il venait annoncer un malheur.

— Monsieur, dit-il à Parabère, je ne vais pas pouvoir vous ramener à Trouville. Le sabot de la roue de gauche s'est dévissé, et je n'ai pas ma clef.

— Sacrebleu ! dit Parabère, feignant une vive
contrariété, avez-vous au moins demandé le char-
ron de Villerville ?

— Oui, Monsieur, mais sa clef ne va pas à la
voiture ; il faudrait une clef anglaise et ici on
n'en possède pas.

— Comment allons-nous faire ? gémit Alice.

— Ma foi, dit Palamède, il n'y a pas d'autre
moyen que de revenir à pied, car nous ne
trouverions pas de voiture dans le pays. Pour
deux lieues, nous n'en mourrons pas, et moi
je ne puis manquer le dîner de l'Union.

— Si vous voulez partir en avant, insinua
Parabère, je ramènerai Alice.

Ceci était une faute. Alice le regarda et je ne
sais ce qu'elle lut dans son regard, mais elle se
hâta de s'écrier :

— Non, non, je puis très bien revenir à pied.
Je ne quitte pas mon Palamède.

Elle prit le bras de son ami et l'on partit bravement par la route de la Corniche. La première
lieue s'effectua très bien ; le soleil était encore
très chaud, mais une bonne brise soufflait du
large. Au cinquième kilomètre, Alice commença
à souhaiter vivement une voiture. Au sixième,
elle se suspendit au bras de Parabère et cria
qu'elle n'en pouvait plus. A force d'exhortation,
on parvint cependant à la décider à se traîner

jusqu'aux Roches-Noires, et, lorsque arrivée là, elle eut enfin trouvé une voiture de l'hôtel, elle déclara qu'elle était brisée de fatigue.

La voiture arriva à Trouville à six heures et demie.

Palamède n'avait plus que le temps d'aller s'habiller. Il se fit déposer rue Dumont-d'Urville et pria Parabère de reconduire son amie jusqu'à la rue des Sablons.

Arrivée chez elle, la belle Alice monta d'un pas traînant le petit escalier de bois blanc qui menait à sa chambre, tandis que Parabère se précipitait à la lingerie pour lui envoyer Julie, sa femme de chambre.

— Tenez, Julie, lui dit-il, vous m'avez souvent parlé du bal de Skating, voilà deux billets pour vous et Marie, et voilà quelques louis pour vous y distraire.

— Oh ! que Monsieur est bon ? lui dit Julie rouge de plaisir, mais Madame ne nous permettra jamais.

— Eh bien, arrangez-vous pour que Madame ne dîne pas chez elle, et je me charge de vous avoir votre soirée libre.

— Ah ! Monsieur, c'est bien facile ! je vais comploter cela avec la cuisinière. Elle viendra au bal avec moi.

Parabère remonta chez Alice et la trouva étendue

dans un fauteuil, n'ayant même pas eu la force
d'ôter son chapeau.

Quelques secondes après, la cuisinière éplorée
arrivait annoncer à Madame qu'ayant voulu
attirer un sac de charbon de bois trop lourd pour
elle, tout était tombé sur le fourneau, et que le
dîner était perdu.

— Ah çà, mais j'ai donc tous les malheurs aujourd'hui! s'exclama la pauvre Alice.

— Eh bien, dînez avec moi à l'hôtel de Paris,
c'est à deux pas, proposa Parabère. Ce n'est pas
plus fatigant que de descendre à votre salle à
manger.

— Que dira Palamède ?

— Il n'en saura rien. Nous dînerons dans le
petit salon, et je vous ramène tout de suite
après dîner.

— Bien sûr?

— Ma parole d'honneur.

La belle Alice, résignée, fit contre fortune
bon cœur, et partit dîner avec Parabère. Celui-ci,
tenant avant tout à la rassurer, s'assit à table,
très loin, bien en face d'elle, et se montra pendant tout le repas le meilleur camarade du
monde. Le dîner fut exquis et arrosé des vins les
plus généreux; mais bien qu'au dessert, Alice,
que la digestion rendait bonne, parût vouloir au-
toriser quelques privautés, Parabère resta tout le

temps sur la limite d'une extrême politesse et ne lui embrassa seulement pas le bout des doigts. Alice, piquée au jeu, déploya toutes ses séductions, montra ses dents, fit des effets de bras qu'elle avait fort beaux. Parabère ne broncha pas, et dès que le café fut pris, il fut le premier à dire :

— Maintenant, ma chère amie, je vais vous reconduire chez vous.

Alice se pinça les lèvres. C'était la première fois qu'un homme paraissait aussi pressé dans sa compagnie. Peut-être avait-il quelque rendez-vous, quelque autre maîtresse à aller voir...

— Eh bien, rentrons, dit-elle brusquement.

Quelques minutes après, ils traversaient ensemble, au milieu d'une obscurité profonde, le petit jardin de la rue des Sablons. Alice frappa à la porte, personne ne répondit. Elle appela :

— Marie ? Julie ?

Rien. La porte resta close.

— Elles auront été probablement faire une course et ne tarderont pas à rentrer, dit Parabère. Promenons-nous sur les planches et dans une demi-heure nous reviendrons savoir si elles sont revenues.

— Mais vous oubliez, mon cher ami, que je ne tiens plus debout : il me serait impossible de faire un pas de plus avec mes souliers à hauts talons. Ah ! si j'avais seulement mes mules !

— C'est bien simple, dit Parabère ; donnez-moi un de vos souliers comme modèle, je vais aller vous en acheter une paire.

Alice se rendit à tâtons vers un petit bosquet qu'elle connaissait, et là elle s'assit sur un banc de pierre, tandis que Parabère se mettait à genoux et l'aidait à se déchausser. L'obscurité était complète. Elle avait appuyé son petit pied sur le genou de son ami, qui se sentait des envies folles de lui sauter au cou et de l'embrasser. Il lui fallut une force surhumaine pour ne pas abuser de la situation, mais ce banc eût été si peu confortable que c'était peut-être risquer de tout perdre. Rouge, la joue en feu, il partit vers la rue de Paris avec son petit soulier à la main, à la recherche d'une paire de mules.

Il choisit exactement le numéro des souliers, se gardant bien de les prendre plus larges, et bientôt il revenait dans le bosquet, et chaussait avec amour les petits pieds couverts de bas de soie bleue brodés de fleurs qu'on lui abandonnait.

— Décidément, c'est un bien charmant garçon, pensait Alice.

Malgré elle, elle était touchée de ce respect, de ces prévenances, de ces attentions, et surtout de cette loyauté vis-à-vis d'un ami. Quel est l'homme qui, dans un bosquet, n'aurait pas essayé de l'embrasser, et peut-être même...? Et alors son imagination battait la campagne, l'influence du bon dîner commençait à se faire sentir. Elle se sentait tout attendrie... En somme, il est très bien, Parabère, jeune, riche, joli garçon, mieux même que Palamède; mais à quoi allait-elle penser là...? Elle prit vivement le bras de son ami pour échapper à toutes sortes d'idées qui lui passaient par la tête.

— Allons, faisons un tour sur la jetée, dit-elle, j'ai besoin d'air.

Mais elle oubliait les kilomètres de la journée. Malgré les mules, ses pauvres pieds ne pouvaient plus la porter.

— Ma chère amie, vous n'en pouvez plus; voulez-vous aller au Casino? demanda hypocritement Parabère.

— Non, Palamède m'a défendu d'y aller sans lui; et puis, voyez-vous, ce qu'il me faudrait, c'est mon lit, ou tout au moins ma chaise longue et ma robe de chambre. Rentrons plutôt.

On retourna rue des Sablons, mais on ne trouva encore personne pour ouvrir la porte. C'était désespérant.

— Écoutez, dit Parabère, voici ce que je vous propose. Je vous offre ma chambre de l'hôtel. Vous vous y étendrez sur mon lit pendant u n

heure ; quant à moi, si vous le désirez, pendant ce temps-là, j'irai fumer une cigarette, puis
je reviendrai vous prendre pour rentrer chez
vous. Est-ce convenu ?

Alice hésita un moment, mais Parabère toute
la soirée avait été si réservé, si discret...

— Eh bien, j'accepte, dit-elle, mais je ne veux
pas vous chasser de votre chambre, et pour vous
prouver comme j'ai confiance en vous, je vous
permets de rester. Vous vous asseoirez à mon
ou plutôt à votre chevet, et nous causerons
comme de bons amis.

Ils montèrent ensemble au premier. Parabère
un peu tremblant ouvrit la porte d'une grande
chambre qui donnait sur la plage et alluma les
bougies. La nuit était fraîche. Il se hâta de fermer la croisée et les grands rideaux ; quant à
Alice, elle alla se jeter avec bonheur sur le grand
lit du milieu.

— Eh bien ! dit Parabère en rapprochant sa
chaise tout près d'elle, vous sentez-vous bien ?
regrettez-vous votre chaise longue ?

Il lui avait pris la main sans trop savoir ce
qu'il faisait ; Alice le regarda un instant, puis
tout à coup, lui jetant ses deux bras autour du
cou, elle l'attira à elle...

Et comme minuit sonnait à la pendule de
l'hôtel :

— Je crois, dit Parabère en riant, que Julie doit maintenant être rentrée.

— Bah! dit Alice, je ne voulais certes pas venir chez toi, mais puisque j'y suis, j'y reste.

DANS LES ÉTOILES

I

Certes, lorsque le capitaine Tournecourt, brusquement rappelé à son corps, fut obligé de quitter l'état-major du gouverneur de Paris pour retourner à Pont-à-Mousson, il eût bien mieux fait de rompre définitivement avec Suzanne.

Mais le moyen d'oublier du jour au lendemain une année de bonheur sans nuages ! Suzanne avait été si dévouée, si loyale, si bonne fille ! Pendant l'hiver, par la neige, par la glace, elle venait chaque jour le chercher au Louvre devant la porte Caulincourt. Lorsqu'il rentrait d'une soirée ou d'un bal, il était sûr, quelle que fût l'heure, de la trouver assise au coin du feu, l'attendant souriante auprès du petit *en-cas* tout préparé. Et les parties de théâtre, avec tous les camarades du Cercle défilant dans la loge pendant les entr'actes ; et les joyeux soupers au café de la Guerre, dans la grande salle commune, à la table du centre autour de laquelle venaient se grouper tous les amis et amies !... Suzanne connaissait chacun et chacune, parlait de tout, savait tout, et avec quel esprit parisien, quelle gaieté, quel entrain ! Jamais Tournecourt ne retrouverait une maîtresse semblable ; il le savait bien, mais qu'y faire ? Il partait, c'était un fait brutal, et il avait trop d'expérience pour ne pas savoir que les absents ont toujours tort.

Aussi, quelque chagrin qu'il en eût, il avait abordé un jour, carrément avec Suzanne, la question de la rupture, mais celle-ci avait fondu en larmes, disant que c'était une infamie, et qu'elle reconnaissait bien là le militaire insouciant et égoïste, incapable de supporter un chagrin momentané.

— Écoute, lui avait-elle dit en lui jetant ses deux bras autour du cou, Pont-à-Mousson n'est pas si loin ; tu demanderas des permissions, moi j'irai te voir, et puis tu trouveras bien d'ici quelque temps le moyen de revenir. Puisque tu m'aimes toujours, ce serait absurde de nous quitter.

Et, l'embrassant à pleines lèvres, elle n'avait pas eu de peine à convertir le capitaine, qui, d'ailleurs, ne demandait qu'à être persuadé.

Le lendemain, un peu ému par ce brusque changement dans sa vie, Tournecourt montait en voiture et se faisait conduire à la gare, accompagné par Suzanne dont le désespoir faisait peine à voir.

— Veux-tu que j'aille m'installer tout à fait à Pont-à-Mousson? dit-elle tout à coup avec élan.

— Non, c'est impossible, la ville est trop petite, et à peine serais-tu là depuis quinze jours que j'aurais des observations du colonel; mais nous pourrons nous revoir souvent, très souvent, il n'y aura presque rien de changé.

Et par le fait, se disait Tournecourt, pourquoi changer quelque chose à leur bonne vie? Pour quelques absences qu'ils seraient à même l'un ou l'autre de diminuer autant que possible! La fortune de Suzanne et la large pension qu'il lui continuerait, le rassuraient suffisamment contre certaines éventualités fâcheuses.

Donc, il fut convenu que rien ne serait changé entre eux.

— As-tu emporté ma clef, au moins?

— Je l'ai toujours à ma chaîne et tu verras qu'elle servira.

2

— Tu me donneras de tes nouvelles? Moi, je t'écrirai tous les jours.

— C'est convenu.

On arriva à la gare. Tournecourt brusqua le moment des adieux et se dirigea rapidement vers la salle d'attente ; là, il pressa une dernière fois son amie dans ses bras, et, le gosier serré, se dirigea vers le quai d'embarquement. En montant en wagon, il vit par la porte des messageries la pauvre Suzanne qui remontait en coupé, un mouchoir sur les yeux.

Décidément, elle l'aimait bien !...

Le surlendemain, Tournecourt reçut une enveloppe dont le parfum lui était bien connu. La lettre contenait quatre pages de tendresses folles; on eût dit que l'absence avait encore augmenté l'amour de Suzanne. Chaque matin, en descendant de la manœuvre, Tournecourt voyait le vaguemestre se diriger vers lui et sortir de sa sacoche en cuir la lettre attendue. Parfois Tournecourt prenait le trot à partir des portes de la ville pour avoir sa lettre cinq minutes plus vite. Ce billet parfumé, plein de potins amusants mêlés aux protestations de cœur, résumait pour lui tout un passé joyeux; c'était un lien qui le rattachait non seulement à sa maîtresse, mais à Paris, un écho lointain de la fête de jadis. Sans s'en douter, avec le prestige du souvenir et l'isolement aidant, il s'éprenait chaque jour davantage de Suzanne.

Au bout de quelque temps, il put aller passer une semaine à Paris, et pendant huit grands jours on reprit exactement la bonne vie d'autrefois. Les camarades disaient :

— Tu nous as fait croire que tu étais parti, mais nous savions bien que tu ne pourrais pas quitter Suzanne.

— En attendant, disait celle-ci triomphante, c'est moi qui vais à Pont-à-Mousson la semaine prochaine.

Et de fait, elle y arriva un beau soir avec ses trois immenses malles, son sac de cuir de Russie, sa femme de chambre, et même son petit chien Jippy. Tournecourt avait retenu un appartement dans le meilleur hôtel de la ville, et si banal qu'il fût, lorsque la belle fille y eut étalé ses toilettes, ses peignoirs en crêpe de Chine, ses glaces, son jeu de peignes et de brosses en écaille, il se trouva comme transformé. Lorsque, revenant du service en campagne, le capitaine entrait le matin tout poudreux, avec ses grosses bottes, dans la chambre de Suzanne encore endormie, il se sentait envahi par un ravissement indéfinissable ; ce mélange d'habitudes et de délicatesses féminines arrivant au milieu de sa rude vie militaire lui faisait éprouver mille

sensations nouvelles qu'il n'avait jamais connues
à Paris.

Dans la journée, on attelait le tilbury. Suzanne
conduisait elle-même et descendait la grande rue
comme un tourbillon, au grand ébahissement des
Mussi-Pontais. On allait visiter les environs, dîner à la *Vieillotte*, un village campé sur le bord
de l'eau et renommé pour ses fritures et son petit
vin blanc. On revenait à la nuit, et l'on s'embrassait tellement que je ne sais trop comment le
cheval rentrait, sans encombres, à la ville.

Cela dura ainsi longtemps, très longtemps,
Tournecourt retournant à Paris et se servant de
la clef dès qu'il le pouvait, Suzanne prenant souvent la route de Pont-à-Mousson. Ses voyages
étaient assez espacés, mais dame, on ne pouvait
guère exiger qu'une jolie fille, habituée comme
Suzanne à une vie de plaisirs, vînt complètement
s'enterrer dans un petit trou de province. Les
lettres parfois étaient un peu décousues, un peu
vides ; on eût dit qu'elles avaient été écrites en
hâte, mais c'est ce qui arrive forcément lorsqu'on
veut s'astreindre à écrire tous les jours.

En somme les entrevues étaient toujours charmantes et c'était le principal.

Un certain samedi, Tournecourt, qui faisait ses
préparatifs pour aller passer le dimanche à Paris,
reçut un ordre assez désagréable. On inaugurait

sur la grande place la statue du célèbre citoyen
Barbanchu, mort l'année précédente; les autorités
civiles et militaires avaient été convoquées pour
cette fête de famille, et le général Bourgachard
devait être escorté par l'escadron de Tournecourt.
Les anciennes fonctions de ce dernier auprès di
gouverneur de Paris le désignaient d'office pour
ce poste d'honneur.

— Allons, se dit Tournecourt avec résignation,
envoyons une dépêche à Suzanne pour la prévenir que je ne pourrai arriver que dimanche soir.

Puis, ce devoir rempli, il endossa la grande
tenue d'ordonnance et, assez grincheux, se rendit
à la tête de ses hommes au devant du général
Bourgachard. Mais tout le monde sait que Bourgachard a horreur du faste ; aussi lorsqu'il vit
arriver Tournecourt avec sa colonne par pelotons,
ses plumets et ses trompettes, il n'eut rien de plus
pressé que de lui dire :

— Mon cher capitaine, vous êtes bien aimable,
mais je n'ai pas besoin de vous. Vous êtes libre.

— Pelotons, demi-tour à gauche, marche ! cria
Tournecourt enchanté.

On revint au grand trot au quartier, et le soir,
le capitaine sautait dans l'express de huit heures
qui arrive à Paris à trois heures du matin.

2.

Et tandis que le train l'emportait à grande vitesse :

— Une véritable surprise pour Suzanne ! pensait Tournecourt. Après lui avoir télégraphié que j'étais retenu par mon service, j'arrive en pleine nuit. Heureusement que j'ai la clef. Chère petite clef ! S'il m'avait fallu risquer les hasards d'un réveil à une pareille heure, avec la crainte de ne pas être entendu, peut-être aurais-je hésité, mais avec la clef rien à craindre.

Arrivé devant le petit hôtel de la rue Murillo, Tournecourt introduisit sans bruit sa clef dans la serrure de la porte cochère qu'il ouvrit et referma avec précaution, tenant absolument à ne réveiller Suzanne que par un gros baiser. Le gaz de l'escalier était toujours allumé comme au bon temps où sa belle amie l'attendait. On n'avait rien changé aux habitudes de la maison. Arrivé au second étage, le capitaine traversa le cabinet de toilette, puis il souleva la portière qui le séparait de la chambre à coucher éclairée par une lampe persane... et resta pétrifié.

Les cheveux épars, le bras replié sous la nuque, Suzanne dormait dans une adorable attitude ; mais à ses côtés, sur l'oreiller garni de dentelles, apparaissait une tête brune frisée, avec une diable de moustache qui menaçait le ciel ! Il y avait là un homme, très joli garçon, ma foi, qui dormait la bouche ouverte !... En approchant, Tournecourt reconnut Bellantroy, un camarade du Cercle.

Exaspéré, le capitaine cueillit le monsieur d'une main, puis de l'autre il prit à poignée les effets déposés sur un fauteuil et porta le tout jusqu'à l'escalier, tandis que Suzanne, réveillée et croyant faire un mauvais rêve, assistait stupéfaite à ce petit drame intime. Arrivé sur le palier, Tournecourt jeta ses effets à la tête du monsieur, puis il lui dit :

Voici ma carte : « Capitaine de Tournecourt, 22, avenue des Champs-Élysées. »

Ceci fait, il lui ferma la porte au nez et rentra chez Suzanne.

— Ma chère amie, lui dit-il, peut-être eussiez-vous mieux fait de me quitter lorsque je vous l'ai proposé. Cela vous eût rendu votre liberté, et

vous eût évité cette scène désagréable à laquelle
je vous demande un million de pardons de vous
avoir fait assister.

Et, craignant sa faiblesse, tandis que Suzanne
éplorée lui tendait ses bras en voulant lui expliquer je ne sais quoi et lui donner je ne sais
quelle raison fantastique, il s'arracha de cette
chambre où il avait été si heureux et redescendit
quatre à quatre l'escalier. Le monsieur avait
disparu.

Toute la journée, Tournecourt resta chez lui,
attendant les témoins qu'on ne pouvait manquer
de lui envoyer. A huit heures, il reprenait exaspéré le train de Pont-à-Mousson, n'ayant vu
personne, mais obligé de se trouver rentré le lundi
matin au rapport.

Lui qui d'habitude dormait tout d'une traite
jusqu'à l'arrivée en gare, il ne put fermer l'œil.
Au fond, Suzanne lui tenait au cœur, bien plus
qu'il ne se l'était figuré, et cette trahison le navrait.
La tête dans les mains, il revivait le passé et se
répétait machinalement cette phrase :

— Pourquoi ne m'a-t-elle pas quitté? C'était
si simple.

Tout à coup une idée lui vint à l'esprit. Tandis
que ses devoirs militaires l'obligeaient à quitter
Paris, eux allaient vivre là-bas, tranquilles, heureux. Bellantroy allait jouir du même bonheur

que lui, Tournecourt, avait éprouvé ! C'était impossible !

— Parbleu ! s'écria-t-il, cela ne sera pas ! Pas à moi, soit, mais pas à lui non plus !

Le lendemain matin, à six heures, Tournecourt se présentait chez le colonel et lui expliquait que des motifs graves exigeaient qu'il repartît immédiatement pour Paris.

Il avait l'air si troublé que le colonel, sans demander de plus amples explications, lui signa immédiatement une permission en blanc en lui disant :

— Allez, mon cher ami ; prenez le temps qu'il vous faudra et revenez dès que vos affaires seront arrangées.

Le capitaine remercia chaleureusement, et à deux heures il était de retour à Paris. Il se précipita au Louvre où il était sûr de trouver ses anciens camarades, les capitaines Pouraille et Larmejane. Tout en se promenant fiévreusement dans le cabinet de service, Tournecourt leur expliqua son affaire et les pria d'aller de sa part demander raison à Bellantroy.

A sa grande surprise, Larmejane resta très froid.

— Vois-tu, dit-il en tortillant sa moustache, je ne demande pas mieux que de te rendre service, mais, crois-moi... ce duel est impossible.

— Pourquoi ça ? dit Pouraille en allongeant un immense coup de poing sur la table ; un duel est toujours possible.

— Mon brave Pouraille, insista Larmejane, vous n'êtes pas comme moi au courant de la question ; eh bien, je conseille à mon vieux camarade Tournecourt, que j'aime de tout mon cœur, de laisser Bellantroy se débrouiller comme il le voudra avec Suzanne.

— Les laisser heureux ensemble, jamais ! s'écria Tournecourt avec rage.

— A la bonne heure ! appuya Pouraille, pour l'honneur de l'arme il faut couper les oreilles du bourgeois.

— Allons, dit Larmejane en soupirant, mon pauvre Tournecourt, tu es plus malade que je ne pensais ; nous irons, puisque tu l'exiges, demander raison à ton adversaire ; rentre chez toi, et nous te rapporterons immédiatement le résultat de notre entrevue.

— Tâche que ça ne traîne pas ! lui dit encore Tournecourt.

Puis il rentra chez lui, et trouva que le temps était d'une longueur désespérante. Enfin une voiture s'arrêta devant la porte, ramenant Larmejane et Pouraille.

— Eh bien ? demanda Tournecourt dès qu'il les vit entrer.

— Le bourgeois a canné ! répondit Pouraille.

— Pardon, dit Larmejane, M. de Bellantroy est un galant homme qui nous a reçus d'une façon très correcte. Il nous a dit : « Je croyais M. de Tournecourt parti en province, et par conséquent ne pensais pas marcher sur ses brisées ; d'ailleurs la femme en question n'est pas ma maîtresse, et je ne trouve vraiment pas qu'il y ait matière à duel. »

— Et qu'est-ce que tu dis de cela ?

— Mon Dieu, étant donnée la scène de l'escalier, ce n'est peut-être pas très crâne... mais en tout cas c'est très intelligent.

— Et tu t'es contenté de cette déclaration ?

— Oh ! pas du tout. J'ai répondu : « Monsieur, si vous trouvez que la personne ne vaut pas la peine qu'on se batte, il vous sera alors indifférent de nous signer une lettre dans laquelle vous vous engagerez sur l'honneur à ne plus remettre les pieds chez elle. — Oh ! parfaitement. » Et voilà, mon cher Tournecourt, le petit mot en question.

— Le lâche ! s'écria Tournecourt en parcourant le papier. Et dire qu'elle m'a préféré un monsieur semblable !

— Enfin ! les voilà séparés ; c'est ce que tu voulais, n'est-ce pas ? Crois-moi, un duel pour Suzanne eût été ridicule.

Sur ce dernier mot, Larmejane et Pouraille sortirent, laissant Tournecourt relire mot à mot le billet de Bellantroy. Tout à coup il se leva brusquement :

— Je veux au moins qu'elle lise cette lettre et qu'elle sache à qui elle avait eu affaire !

Et il partit chez Suzanne.

III

Rue Murillo, on fit un peu attendre le capitaine. Dame, il n'était plus le maître de la maison. Enfin la femme de chambre vint lui dire qu'il pouvait entrer. Tournecourt passa dans le cabinet de toilette et trouva Suzanne étendue sur une chaise longue. Elle était plus jolie que jamais dans sa robe de chambre de peluche blanche toute garnie de nœuds roses et de cascades de dentelles, et avec cela une certaine pâleur des plus intéressantes.

Elle était en train d'écrire sur un livre de comptes très élégant et doré sur tranches, qu'elle referma en entendant entrer Tournecourt.

— Pardon de vous avoir fait attendre mon ami, mais j'étais souffrante et j'avais même défendu

3

ma porte. Elle ne sera d'ailleurs jamais fermée pour vous.

— Je ne compte pas abuser de la permission, répondit le capitaine, mais je tenais à vous mettre sous les yeux un petit papier qui j'espère vous intéressera.

Il lui tendit la lettre de Bellantroy, et tandis qu'elle lisait :

—Je suis heureux, continua-t-il, de vous montrer non seulement la valeur morale de celui que vous m'avez préféré, mais aussi le cas qu'il fait de vous.

Il replia le papier et le remit gravement dans sa poche, puis il salua et se disposa à se retirer.

Mais Suzanne se jeta à son cou en versant des larmes, de vraies larmes, et en déclarant qu'elle ne le laisserait pas partir. Jamais elle n'avait aimé que lui, Tournecourt, il le savait bien. Elle connaissait très peu Bellantroy ; c'était un moment d'oubli, impardonnable sans doute, mais il fallait faire la part de la solitude, de l'ennui. Elle parlait, elle parlait, évoquant le passé, rappelant les bons moments d'autrefois ; ses larmes ruisselaient sur la figure de Tournecourt qu'elle embrassait avec furie ; ses beaux bras blancs lui servaient de collier et l'attiraient de plus en plus vers le canapé, en lui disant :

— Pardonne-moi ! prouve-moi que tu ne m'en veux plus !....

Tournecourt pardonna comme tout autre eût fait à sa place et prouva avec une conviction profonde qu'il n'avait plus la moindre rancune...

— Alors je t'attendrai ce soir, dit Suzanne en rajustant ses dentelles.

— Ici, jamais, dit Tournecourt, mais si tu veux venir chez moi, je te recevrai avec grand plaisir.

— J'ai promis de dîner chez Caroline, à Auteuil, mais je reviendrai directement, et à minuit je serai avenue des Champs-Elysées.

On échangea un dernier baiser et Tournecourt parti complètement rasséréné.

A minuit, dans son petit rez-de-chaussée de garçon, il attendait Suzanne et, réfléchissant à ce qui s'était passé, il trouvait dans son cœur mille bonnes raisons pour l'excuser. Pourquoi se brouiller? pourquoi perdre quelque chose de bien bon ? Comme il avait bien fait de se raccommoder !

A minuit un quart, personne n'était encore arrivé. A minuit et demie, n'y tenant plus et frappé d'un pressentiment, le capitaine prit son chapeau et se dirigea vers l'hôtel de Suzanne. Une large raie de lumière filtrait entre les grands rideaux et le plafond par les fenêtres du cabinet de toilette. Suzanne était chez elle. Elle avait donc menti en affirmant qu'elle reviendrait directement d'Auteuil? La première idée du capitaine

fut de monter, mais, qui sait ? peut-être Suzanne
n'était-elle rentrée que pour un instant. Elle
allait ressortir sans doute.... Mieux valait pa-
tienter.

Les moments se passèrent. Tournecourt restait
fasciné par cette raie de lumière, ne pouvant en
détacher ses yeux. A mesure que l'heure avançait,
sa jalousie renaissait plus violente. Était-ce une
hallucination ? Parfois il croyait voir comme des
ombres sur cette partie du plafond qui était éclairée, puis, après quelques instants, la ligne de feu
reparaissait claire, nette. Évidemment, Bellantroy
était là-haut. Il était revenu malgré sa promesse.
Devait-il assez se moquer du naïf capitaine qui
avait cru en sa parole ! Et tandis que lui, Tournecourt, était là, transi, à faire le pied de grue,
ils étaient, eux, dans les bras l'un de l'autre, dans
la grande chambre tiède et close, heureux.....
comme lui l'avait été jadis. Il se représentait
Suzanne, les yeux mi-clos, disant à un autre
toutes ces folies qu'elle lui disait à lui, balbutiant ces mots étranges dont il avait conservé un
souvenir si âcre et si précis. A cette pensée il se
sentait envahi par une rage atroce. Saisi par la
fraîcheur de la nuit, il avait cependant la tête en
feu ; son cœur battait à tout rompre. Jamais il
n'avait éprouvé une souffrance aussi aiguë.

Dans la rue déserte, les sergents de ville regardaient avec étonnement ce monsieur qui restait immobile, les yeux rivés sur le même point.

— Allons, dit-il, secouant sa torpeur, je vais monter, moi aussi, et cette fois ce sera drôle !.....

Mais à ce moment il tressaillit comme frappé d'une commotion électrique. La ligne de lumière avait disparu, la fenêtre était toute noire. On venait d'éteindre le gaz du cabinet de toilette, et l'on s'en allait. Tournecourt se rangea contre la porte cochère, puis d'une main qui tremblait, il saisit le billet qu'il avait conservé.

— Voilà, dit-il, quand Bellantroy sortira je le moucherai avec sa lettre !

La porte cochère s'ouvrit, et, à la lueur du réverbère, Tournecourt aperçut qui ?.... Larmejane qui, sans le voir, le collet de son pardessus relevé, s'éloigna à grands pas dans une direction opposée.

Pour le coup c'était trop fort ! Tournecourt rentra dans l'hôtel sans prendre cette fois la précaution de dissimuler son arrivée. Il monta l'escalier quatre à quatre et arriva comme une bombe dans la chambre de Suzanne. Celle-ci, la chemise fripée, décoiffée, pieds nus, était assise devant un guéridon et écrivait sur le livre doré sur tranches que Tournecourt avait déjà aperçu dans la journée.

A la vue du capitaine, elle jeta un cri et s'enfuit dans le cabinet de toilette dont elle poussa le verrou.

Tournecourt s'approcha curieusement du registre et vit le nom de Larmejane écrit en encre toute fraîche; et au-dessus, tracée à la main, une petite étoile qui n'était pas encore sèche. En face du nom il y avait la date et l'heure.

Deux lignes plus haut, il aperçut son nom à lui, Tournecourt, même date, cinq heures du soir; le nom était également orné d'une petite étoile.

Puis, feuilletant les pages et remontant deux mois en arrière, Tournecourt trouva au milieu de quelques inconnus les noms d'une foule d'amis du Cercle : Taradel, Parabère, Précy-Bussac. Les uns avaient en observation : Visite simple ; d'autres avaient en exergue une, deux ou trois étoiles, mais toujours l'heure et la date étaient soigneusement indiquées. Enfin, détail important, quelques-unes des étoiles étaient barrées, et dans ce cas, il y avait en marge : *Réglé*.

C'était le livre des amours de Suzanne par *Doit et Avoir* et la signification de la petite étoile n'était pas douteuse.

Tournecourt partit d'un grand éclat de rire ; l'aventure, loin d'être tragique, n'était plus que drôle. Il avait cru descendre dans un hôtel privé, bien cossu, bien bourgeois ; il était descendu dans une auberge, voilà tout ! Il chercha donc, sur le livre de l'hôtel, son nom qu'il n'eut pas de peine à trouver, déposa cinq louis en regard sur la page blanche, barra l'astérisque et d'une main ferme il écrivit en grosses lettres : *Réglé*.

Le lendemain il repartait pour Pont-à-Mousson, cette fois guéri, et bien guéri par ce petit voyage dans les étoiles.

DÉVOUEMENT

Impossible de jeter plus follement son bonnet par-dessus les moulins, et d'abuser plus consciencieusement de sa jeunesse, que la charmante Lucie. Trop même. Il paraît que le docteur a ordonné des douches, pas d'excitants, et une vie relativement austère. Et il s'est trouvé précisément à point pour faire exécuter ces prescriptions un brave prince Robanoff qui tient surtout à avoir une maîtresse pour la montrer et se soucie assez peu des droits du seigneur.

Lucie dit en riant :

— C'est une mère que Robanoff !

Et de fait les yeux sont moins cernés, et les

3.

couleurs sont un peu revenues, mais le docteur exige encore quelque temps de repos.

Précisément Raoul est arrivé devant le petit hôtel de Lucie dans l'avenue Kléber. Tout le premier est brillamment éclairé. On dirait qu'on donne une fête.

Ma foi, il n'est que onze heures et demie, Raoul va demander en passant des nouvelles de son amie.

Il sonne et Francine, la jolie femme de chambre, vient ouvrir, Francine est une brave fille, dévouée corps et âme à sa maîtresse.

— Ah ! parbleu, Monsieur arrive bien. Il faut absolument que madame prenne sa douche, et je ne suis pas assez forte pour la maintenir sous le jet d'eau. Monsieur va m'aider.

Maintenir Lucie sous la douche ! Au premier abord cela paraît une besogne agréable, mais en y réfléchissant bien, comme après la douche il faudrait probablement s'en aller, ce serait un supplice atroce. Raoul monte derrière Francine, très décidé à refuser.

Arrivé dans le cabinet de toilette de Lucie, il la trouve étendue sur une peau d'ours, fumant une cigarette et à peine vêtue d'un péplum cerise qui bâille aux bons endroits. Dans un coin, l'appareil de la douche profile sa silhouette menaçante.

— C'est monsieur Raoul qui vient aider madame à prendre sa douche, dit Francine.

— Oh! comme c'est gentil! s'écrie Lucie en
se levant.

Et sans fausse honte (un vieil ami), elle laisse
glisser à terre le péplum cerise et jette ses deux
bras autour du cou de Raoul qu'elle embrasse à
pleines lèvres.

— Pardon, s'écrie Raoul en se débattant, il y a
erreur. Je ne suis monté qu'une minute pour savoir
de tes nouvelles, et je me sauve.

— Tu refuses de me maintenir sous la douche?

— Absolument, Je ne tiens pas à me donner
soif pour qu'on me retire le verre au moment
de boire.

— Eh bien, tu ne sais pas ce que tu perds. Il
y a quinze jours que le prince me prêche morale
et hygiène, et précisément il ne vient pas ce soir.

— Ah! s'il ne vient pas ce soir, cela change
complètement la question. Alors, après la douche,
je pourrai rester?

— Parfaitement.

— Marché conclu! s'écrie Raoul avec joie.

Et retroussant ses manchettes, il s'approche du
bassin.

Lucie, toute frissonnante, se cambre debout,
les yeux fermés, les deux bras appuyés sur l'épaule
de son ami. Francine tire la ficelle, et une pluie

glacée tombe en gouttelettes d'argent tout le long des reins de Lucie.

Celle-ci pousse un cri et enjambe le bassin pour se sauver à travers l'appartement. Mais Raoul, fidèle à son devoir, la prend à bras-le-corps, l'étreint, l'enlève et la reporte sous le jet d'eau. Pendant ce temps, Francine inexorable abusait de la situation et, saisissant une immense éponge, faisait ruisseler l'eau froide à partir de la nuque de sa maîtresse.

Celle-ci, affolée, se tordait contre Raoul, l'attirant près de lui, serrant autour de son cou ses deux bras à l'étouffer, frôlant contre tout son être son épiderme frais et parfumé. La situation était délicieusement atroce.

Que fut-ce quand Raoul, ganté d'un gant en poil de chameau, fut chargé de rétablir la circulation du sang ! Éperdu, énervé, il glissait le long des pentes, gravissait le long des montées, rencontrant tout le temps sous l'effort de sa main des chairs potelées, dures comme du marbre, et douces comme du satin. Les lèvres sèches, la tête en feu, il murmurait d'une voix étranglée par l'émotion :

— Tu me jures que je resterai !

— Mais oui, mais oui, répondait Lucie.

— Parce que, tu comprends, dans l'état où je suis, si je devais partir...

— Une honnête femme n'a que sa parole.

Là-dessus, elle échange avec Raoul un dernier baiser qui augmente encore son trouble, puis elle lui dit :

— Maintenant, tu vas être bien gentil. Tu vas aller dans le boudoir dix minutes. Je ne te demande que dix minutes.

— Pourquoi ?

— Voyons, sois raisonnable. Francine te préviendra quand tu pourras revenir.

Raoul obéit à regret et gagne le petit salon dans un état d'exaltation difficile à décrire. Les dix minutes lui paraissent longues, et avec cela l'imprudente Francine, avec ses yeux de velours et son petit bonnet coquettement posé sur ses cheveux noirs, continue à trotter dans le boudoir, et tout en rangeant glisse parfois un regard malicieux du côté de Raoul.

— Elle est vraiment très jolie cette Francine ; il y a des moments dans la vie où l'on apprécie tout à coup les choses à leur juste valeur. Ma petite Francine, viens donc t'asseoir un peu sur ce canapé ?

— Et pourquoi donc? monsieur le vicomte.

— Parce que j'ai un tas de choses à te dire !

— Dites vite alors, monsieur, parce que madame va sonner, dit Francine, en se rapprochant tout près, tout près de Raoul.

Quelques minutes après, un coup de sonnette se fait entendre. Francine, un peu décoiffée et son bonnet de travers, s'échappe des bras de Raoul, et revient ensuite lui dire que madame l'attend.

Mais les idées de Raoul ont complètement changé. Devenu calme et maître de lui, il trouve maintenant que ce serait très mal de compromettre la santé de Lucie, à qui le docteur a tellement recommandé le repos.

— Non, dit-il, je suis trop délicat pour abuser de la situation. J'ai rempli mon devoir d'ami, et maintenant je rentre tranquillement me coucher. Souhaite une bonne nuit à ta maîtresse.

Là-dessus il prend sa canne, son chapeau, et s'en va avec la conscience du devoir accompli.

— Ah ! s'écrie Francine en réparant le désordre de sa toilette, je savais bien que je sauverais madame !

LA VEILLE D'UNE PETITE FÊTE

SCÈNE DE LA VIE DE CERCLE

La commission des fêtes plus qu'au complet :
Taradel, président ; Précy-Bussac, Tosté, Parabère, Tournecourt, Comfort, Boisonfort, Chameroy et autres membres du cercle n'ayant d'ailleurs aucun droit d'assister à la réunion.

Ces messieurs sont assis, dans des poses di-
verses, autour d'une table. On fume à outrance.

Taradel. — Eh bien, la pièce marche-t-elle ?
La représentation pourra-t-elle avoir lieu mardi ?

Tosté. — Heu ! heu ! Malvina a encore manqué la répétition.

Taradel. — Pourquoi cela ?

Boisonfort. — Dame, il faisait beau, elle a été faire son persil. Elle ne vient que quand il pleut.

Taradel. — Aussi, Tosté, pourquoi, comme régisseur, êtes-vous si faible ?

Tosté. — Je ne peux pourtant pas la mettre à l'amende.

Tournecourt. — Moi, je ne la manquerais pas !

Chameroy. — Ceci n'est pas prouvé. Et puis, tout le monde ne peut pas être gendarme.

Taradel. — Non, mais Tosté est beaucoup trop faible avec les petites femmes. Soyez ferme sans dureté et indulgent sans faiblesse.

Chameroy. — Portez sur votre tête le casque de la fermeté surmonté du panache de l'énergie. (Bruit.)

Taradel. — L'incident est clos. Messieurs, je reçois une demande de M. de Larmejane qui désire faire partie de la fanfare.

Comfort. — C'est impossible. Il y a dans le texte : «Voici les quatre messieurs de la fanfare.»

Parabère. — On dira : « Voici les cinq messieurs de la fanfare. »

Précy-Bussac. — Pourquoi pas alors les six, les huit, les dix ?

Tournecourt. — Les quarante ?

Taradel. — Pas d'exagération. Mais il est un

fait certain, c'est que si nous nous laissons déborder, tous les membres du Cercle voudront être
de la fanfare.

Tosté. — Histoire de rire avec les actrices et
d'empêcher tout travail sérieux.

Parabère. — Vous m'amusez avec votre travail
sérieux.

Taradel. — Si la commission des fêtes se
donne du mal, c'est bien le moins qu'elle ait
quelques privilèges. Ce serait trop commode de
ne rien faire, et puis d'arriver la veille de la
représentation se proposer comme pompier pour
emmener ces dames à notre nez. Je propose de
repousser la proposition Larmejane.

Tous. — Oui ! oui ! refusée !

Taradel. — Et après la pièce, qu'a-t-on or-
ganisé ?

Précy–Bussac. — J'ai proposé un petit café
chantant, où chacune de nos amies pourrait dé-
ployer ses talents.

Taradel. — Eh bien, avez-vous quelques
noms à me donner ?

Chameroy. — Je vous propose Juliette de
Montléry, du Vaudeville.

Tous. — Ah ! ah !

Chameroy. — Pourquoi ah ! ah ! Ce n'est
qu'une amie pour moi, pas autre chose.

Taradel. — Là n'est pas la question. Que chantera-t-elle ?

Chamery. — *Les Malheurs du petit baron.* C'est charmant.

Taradel. — De qui est-ce ?

Chameroy. — La musique est de Juliette et les paroles sont de moi. (On rit.)

Taradel. — Je vous félicite de votre modestie. Et ensuite ?

Précy-Bussac. — Moi, j'offre la petite Klody, des Bouffes, elle dira une fable : *Le Lapin et le Financier.*

Taradel. — J'espère que cette fable ne contient pas de personnalités.

Précy-Bussac. — Elle m'en a donné sa parole d'honneur.

Taradel. — Ce sera à vérifier. Et après ?

Tosté. — Moi je propose une petite fille encore peu connue....

Taradel. — Votre petite de la maison de correction ? Nous n'en voulons pas !

Tosté. — Mais non, il s'agit d'une petite qui a débuté au Conservatoire tout dernièrement.

Boisonfort. — C'est Thérésa.

Parabère. — C'est Suzanne Lagier. (Bruit.)

Taradel. — Laissez parler l'orateur.

Tosté, ému. — Merci, monsieur le président. L'enfant s'appelle Alida Brechu. C'est une excellente fille qui soutient toute sa famille.

Tournecourt. — ... Sur sa solde du Conservatoire.

Taradel. — Enfin, adoptons Alida. Que chantera-t-elle ?

Tosté. — *La Culotte d'un zouave.* (Exclamations.) C'est une romance.

Taradel. — Va pour la romance. Et ensuite ?

Tournecourt. — Moi, j'ai composé une petite machine, cela s'appelle : *la Chair à Canon.* Le brave clairon monte à l'assaut... Il sonne toujours. Une balle lui enlève l'usage du bras droit, il sonne toujours. Un boulet lui emporte le bras gauche, il sonne toujours. Un obus lui emporte la tête, il sonne toujours.

Chameroy. — Cette histoire est invraisemblable.

Tournecourt. — Je l'ai vue de mes yeux. Léa Shako, de la Renaissance, propose de la chanter. Moi, je l'accompagnerai avec un tambour.

Taradel. — Ce sera un beau coup d'œil. Mais, vous m'aviez parlé d'un clairon.

Tournecourt. — Je ne sais que le tambour.

Parabère. — Moi, je joue du cor de chasse. Si vous voulez, je me propose...

Tournecourt. — Le cor n'a rien à faire avec le clairon.

Taradel. — Bast ! laissons-le accompagner sa Léa. Ensuite ?

Comfort. — Léontine Vauban dira sa grande scène de *Joseph Balsamo*.

Tous. — Jamais ! autre chose ! La Censure à Comfort.

Comfort. — Vous n'aimez que les gaudrioles. Préférez-vous : *la Tour Saint-Jacques* ?

(Chantant)... Mais pour moi qui voyais ses yeux,
Qu'importaient les étoiles !

Tous. — Bravo ! Bravo ! Bis !

Parabère. — Il chante comme un vieux chapeau.

Comfort. — Mais puisque c'est Léontine qui chantera, ma voix n'a aucune importance.

Tous. — Aucune ! aucune !

Comfort. — Merci.

Boisonfort. — Je demande la parole pour un fait personnel. Mademoiselle Klody et mademoiselle Vauban m'avaient prié de demander à Marie Pigeonnier, de l'Odéon, de vouloir bien leur prêter quelques morceaux à réciter.

Tournecourt. — Naïves enfants !

Boisonfort. — J'apporte les morceaux prêtés par Marie Pigeonnier, en les prévenant que je ne crois pas que celle-ci ait détaché les perles de son répertoire. Elles me répondent qu'elles s'attendaient à cette preuve de camaraderie... et qu'elles ont apporté autre chose. Alors, pourquoi m'avoir chargé de la commission ?...

Parabère. — Pourquoi nous demandez-vous cela ?

Taradel. — Oui, quel est le but de cette anecdote ?

Boisonfort (interloqué). — Ma foi, je n'en sais rien.

Taradel. — Un blâme à Boisonfort qui profite de la réunion de la commission pour nous faire des narrations dépourvues d'intérêt.

Tous. — Oui ! oui ! un blâme sévère !

Taradel. — Arrivons à la question du costume. A la répétition j'ai vu plusieurs choses qui m'ont choqué. Ainsi j'ai remarqué, Précy-Bussac, que votre habit dépassait sous votre blouse bleue.

Précy-Bussac. — Il y a pour cela deux raisons : une bonne et une mauvaise. Je vais d'abord vous donner la mauvaise.

Taradel. — C'est beau la classification.

Précy-Bussac. — La mauvaise raison c'est que pour rien au monde vous ne me feriez consentir à me costumer. Je veux bien passer pardessus mon habit une blouse bleue et me coiffer d'un vieux chapeau, mais je ne veux pas me costumer.

Taradel. — Pourquoi?

Tournecourt. — C'est un vœu ?

Précy-Bussac. — Je me le suis juré à moi-même. C'est une sombre histoire...

Tous. — Pas d'anecdotes?

Taradel. — Vous aviez raison, votre motif est déplorable. Et l'autre motif?

Précy-Bussac. — L'autre motif, c'est que les paysans ont toujours un habit qui dépasse sous la blouse.

Taradel. — En êtes-vous bien sûr? Qui est-ce qui est sûr de cela? Qui a vu de vrais paysans?

(Profond silence.)

Taradel. — Puisque personne ne peut affirmer le contraire, admettons que Précy-Bussac ait raison. Autre chose. Quand Tournecourt consentira-t-il à savoir son rôle?

Tournecourt. — Ne vous inquiétez pas. Quand la mémoire me manque, je remplace la phrase par une charge. Je fais, par exemple, comme si mon râtelier se décrochait.

Taradel. — Ça doit être peu gracieux.

Tournecourt. — Ou bien encore, je frotte mon rhumatisme, je fais claquer mon fouet, etc.; pendant ce temps le souffleur...

Comfort. — Le malheureux! Il faudra doubler ses appointements.

Tournecourt. — Vous verrez que ça ira tout seul.

Taradel. — Est-ce qu'on soupera après la représentation?

Tous. — Bien entendu.

Taradel. — Il va sans dire que les membres de la commission des fêtes, seuls, auront le droit d'assister à ces agapes fraternelles.

Chameroy. — Les autres seront furieux.

Tous. — Tant pis ! Nous seulement ! Parbleu ! ce serait trop commode. Il n'y a déjà que quinze femmes et nous sommes vingt-trois, etc., etc.

Taradel. — Messieurs, croyez bien que vous me trouverez toujours sur la brèche pour défendre vos droits. Les membres du Cercle auront un buffet, un plantureux buffet, mais n'assisteront au souper que ceux qui auront travaillé. (Applaudissements frénétiques.)

Taradel. — Le souper aura lieu chez Voisin, à trois heures du matin. Nous placerons Tournecourt à la porte et, pour entrer, il faudra montrer patte blanche.

Tournecourt. — Colonel, vous pouvez compter sur moi.

Taradel. — Capitaine, je suis content de vous.

Tosté. — Cette scène est touchante. Moi j'en pleure d'attendrissement.

Comfort. — Et maintenant, en mon nom et au nom de la commission, je viens vous demander de bien vouloir remercier avec nous notre brave et digne président Taradel des efforts et du zèle qu'il a témoignés.

Tous. — Bravo ! bravo ! Hip ! hip ! Hurrah !

Taradel. — Vraiment, messieurs, je suis confus.

Comfort. — Qu'il me soit permis d'ajouter un mot...

Tous. — Hip ! hip ! Hurrah !

Comfort. — Je parlerai ! Qu'il me soit permis d'ajouter...

Tous. — Hip ! hip ! Hurrah !

Taradel. — Renoncez-y.

Comfort. — Jamais ! (Bruit, tumulte, cris du coq, etc.)

Taradel. — La séance est levée.

Tout le monde se lève. Comfort proteste et sort en racontant à Tosté, qui ne l'écoute pas, ce qu'il aurait dit si on avait voulu l'écouter.

DÉPLACEMENT & VILLÉGIATURE

I

— Chez toi ?... jamais ! jamais ! ! jamais ! ! !
disait la jolie madame Dussolier à l'infortuné
Croisfabert... je serais suivie, dénoncée et à
tout jamais compromise.

Et de fait, Nina, c'était le petit nom de
madame Dussolier, était mariée, bien et dûment
mariée, et M. Dussolier était d'une jalousie
terrible. La présence aussi fréquente que fasti-
dieuse de beaux parents, les obligations de
famille, les domestiques, créaient toutes sortes
d'obstacles réellement insurmontables.

— Jamais je n'obtiendrai rien à Paris, se
disait Croisfabert avec désespoir. C'est impossi-

4

ble ! Elle est trop bien gardée. Ah ! si elle pouvait consentir à faire un petit voyage !...

Et il fit remarquer à M. Dussolier que sa jeune femme était très pâle, qu'elle s'étiolait.

— Vous ne savez pas, lui disait-il, à quel point tous ces travaux de déblais et de remblais ont vicié l'atmosphère de Paris. Il faudrait à votre femme l'air de la mer, ne fût-ce qu'une quinzaine de jours.

— Et mes affaires ? objectait Dussolier. Vous savez bien que je ne puis m'absenter.

— Bah ! pour quinze jours ! Vous ne pouvez pas laisser votre femme quinze jours ! Il est évident qu'une quinzaine de bains lui feraient du bien. Ce serait la santé pour tout l'hiver.

Bref, il en dit tant que Dussolier consentit à ce que Nina partît deux semaines à Chic-sur-Mer. Deux jours auparavant, par une coïncidence tout à fait fortuite, Croisfabert était parti organiser ses préparatifs de chasse dans le Bourbonnais. Dussolier installa confortablement sa femme à l'hôtel de la Plage, puis après s'être assuré que l'établissement était bien tenu et que Nina ne manquerait absolument de rien, il repartit pour Paris où l'appelaient ses échéances de fin de mois.

Bien entendu, Croisfabert arrivait le surlendemain à Chic-sur-Mer, et se précipitait au Casino.

Il y rencontra Nina plus jolie que jamais avec sa robe de toile de Vichy toute garnie de dentelles blanches et son grand chapeau Rembrandt faisant auréole à ses cheveux d'un noir de jais. Elle avait installé sa chaise sur les galets, et pour plus de solidité elle en avait placé une autre sous ses pieds. Croisfabert, en monsieur sûr d'être aimé, allait s'asseoir sur cette chaise propice aux frôlements, mais Nina l'arrêta net.

— Oh! mon cher, qu'allez-vous faire! A Chic-sur-Mer on est d'un rigorisme terrible. Si l'on vous voyait si près de moi, le gardien viendrait évidemment vous prier de vous reculer.

— Diable! s'écria Croisfabert, voilà une plage où l'on est bien collet monté! mais au moins vous pourrez me recevoir chez vous; à l'hôtel, cela n'a pas d'inconvénient.

— Impossible, mon pauvre ami. Hier on a donné congé à une dame parce qu'elle avait fermé sa porte pendant la visite d'un de ses amis, Dès que la directrice de l'hôtel apprend la présence d'un étranger, elle s'arrange pour vous envoyer le journal, une lettre, le programme du concert, n'importe quoi, et si le verrou est mis, on vous prie poliment de chercher un gîte ailleurs.

— Mais le soir?

— Oh! le soir, c'est encore pis! Après dix

heures on ne laisse plus entrer les étrangers.

— Ah! Nina, c'est mal!... Vous m'aviez pourtant bien promis...

— Mon pauvre ami, je ne demande pas mieux, mais trouvez un moyen... Le soir il fait très obscur tout le long de la plage, on pourrait peut-être se promener...

— Bravo! s'écria Croisfabert, voilà une excellente idée. Trouvez-vous aux *petits chevaux* à dix heures. En me voyant, vous vous lèverez le plus naturellement du monde, et je vous suivrai du côté de la plage.

— Eh bien, c'est convenu, mais sauvez-vous, parce qu'il y a assez longtemps qu'on nous voit causer ensemble.

Croisfabert descendit l'escalier qui mène aux cabines afin d'avoir en plein jour des connaissances topographiques exactes. Il s'agissait de choisir un joli nid pour abriter ses amours, et le fait est qu'on n'avait que l'embarras du choix. Il y avait là de véritables bonbonnières. Croisfabert, en furetant et en soulevant les loquets, trouva une cabine toute garnie de cretonne rose avec tapis, fauteuil et lit de repos.

— Ma foi, s'écria-t-il radieux, maintenant nous pourrons bien nous passer de l'hospitalité de l'hôtel, et nous serons divinement bien.

En s'en allant, il aperçut un vieux baigneur qui regardait avec inquiétude à l'horizon. Il s'agissait de savoir si ce vieux loup de mer s'était aperçu de quelque chose.

— Hé, mon brave, lui dit Croisfabert, que regardez-vous donc ?

— Je vois que le vent d'ouest fraîchit et que la mer sera sûrement méchante ce soir.

— Voilà une chose qui m'est égale, pensa Croisfabert. Le bruit de la vague étouffera les cris de la victime. Et d'ailleurs, y aura-t-il les cris de la victime ?...

Sur ces idées couleur de rose, il partit dîner à l'hôtel R..., et fut fort étonné d'apprendre que, le soir, il était impossible de se faire servir à dîner dans le jardin.

— Monsieur, dit le maître d'hôtel, le soir nous réservons les tables aux familles qui désirent prendre leur café au frais.

— Décidément, pensa Croisfabert, ici tout est sacrifié aux familles !

Il dîna copieusement à une petite table de la salle commune, et après avoir allumé un excellent cigare, il prit d'un pas allègre le chemin du Casino. La nuit était splendide, et le ciel étoilé ; mais, ainsi que l'avait prévu le matelot, la mer était devenue très grosse. A l'horizon, la façade du Casino tout illuminée se détachait comme un

4.

château des contes de fées. Croisfabert se dirigea tout droit vers le jeu des petits chevaux où la partie était des plus animées. Sous la lumière crue du gaz, de belles petites en robes claires avec des gainsboroughs à plume blanche étaient assises tout autour de la barrière et rangeaient symétriquement leurs numéros sur le rebord de la balustrade, tandis que derrière eux la fine fleur des gommeux en habit et cravate blanche se penchait sur leurs chaises pour leur chuchoter des bêtises aux oreilles. On entendait crier :

— C'est le 4. — Non, c'est le 3. — Le 9 passe comme il veut! Quelle déveine! Mon chien donne-moi donc un louis. — Tu es trop aimée pour gagner, etc., etc.

Tous ces propos s'échangeaient au milieu de la fumée des cigares, dans une atmosphère étrange et capiteuse, mélange de parfums, d'odeurs de femme et de tabac. Nina, les deux nattes nouées tombant sur le dos, coiffée d'un chapeau d'argent formé de galons de grades juxtaposés, paraissait absorbée par le numéro 8 qui s'approchait lentement du but, mais elle avait parfaitement aperçu Croisfabert.

Tout à coup un grand mouvement se fit parmi les joueurs ; le patron des jeux, avec sa politesse accoutumée, venait de saisir le comte Taradel au collet en l'accusant d'avoir poussé un des chevaux avec sa canne. Taradel! le président du cercle des Truffes! c'était trop fort. Immédiatement dix membres du Cercle s'étaient précipités sur le malotru et lui avaient fait lâcher prise, tandis que les femmes montaient sur les chaises pour assister à la scène. Nina profita du tumulte et s'esquiva sans avoir été remarquée, tandis que Croisfabert la suivait de près.

Dès qu'il fut arrivé sur la terrasse absolument obscure, il prit tendrement le bras de Nina, puis il lui dit tout bas :

— Les galets sont trop durs pour tes pauvres petits pieds, et il y a en bas des cabines où nous serions délicieusement bien. Si tu savais, j'en ai remarqué une, toute rose, toute capitonnée, il y a à peine place pour deux, et elle sera trop grande encore pour nous. Allons, veux-tu, ma Nina ? veux-tu... mais dis donc que oui !

Il lui parlait tout près, tout près, effleurant de sa moustache le cou de Nina qui frissonnait. Celle-ci laissait aller sa petite tête sur l'épaule de son ami et murmurait d'une voix défaillante :

— Tu sais bien que je veux bien, tu le sais bien.

Ainsi enlacés, ils descendirent vers l'endroit où Croisfabert avait remarqué le meilleur nid, mais là, ô surprise !... ô rage !... toutes les cabines étaient enlevées !... Et tandis que le veilleur de nuit leur expliquait que les jours de tempête on plaçait le matériel des bains en lieu sûr, Croisfabert hébété aperçut toutes les cabines rangées en pleine lumière devant le café du Casino.

— On y voit comme en plein jour! s'écria Nina. C'est impossible, reconduisez-moi jusqu'à l'hôtel.

Et arrivé sur le seuil, le pauvre Croisfabert dut se borner à saluer son amie le plus respectueusement du monde, mais murmura en s'en allant:

— Je trouverai demain un moyen, je te le jure!

II

Le lendemain matin Croisfabert descendait à
petits pas la pelouse qui longe la mer, lorsqu'il
aperçut le jeune Bonnecourt qui jouait au *lawn-
tennis* avec la famille Ballman. Les deux jeunes
filles, les cheveux épars sur les épaules, le torse
moulé dans un maillot gris fer, renvoyaient la
balle avec des attitudes adorables, tandis que Bonnecourt coiffé de la petite calotte bleue anglaise
leur servait de partner.

Bonnecourt venait tous les ans à Chic-sur-Mer.
Il devait être de bon conseil. Profitant d'un moment de repos, Croisfabert s'approcha et lui
dit :

— Vous devez savoir cela. Ici, quand on ne

peut pas recevoir chez soi une femme, comment s'arrange-t-on ?

— A Chic-sur-Mer, c'est très difficile, pour ne pas dire impossible.

— Alors ?...

— Alors on va à Proutteville, à cinq kilomè-tres d'ici.

— Merci ! s'écria Croisfabert, vous me sauvez la vie.

Une heure après, un petit panier à tringles de fer gravissait lentement la côte qui mène à Proutteville, emmenant les deux amoureux. Proutteville ne se compose guère que d'une dizaine de maisons, y compris l'hôtel des Bains, véritable bicoque. Croisfabert avait enlacé dans ses bras la belle Nina, et croyant toucher au port, lui murmurait à nouveau :

— N'est-ce pas que tu seras à moi, bien à moi ?

— Oui, répondait celle-ci avec une conviction qui ne laissait aucun doute sur ses intentions.

Aussitôt arrivé, on se précipita vers le patron de l'hôtel pour lui demander une chambre.

— Ah ! monsieur, dit ce dernier, nous n'avons rien pour le moment, mais si vous voulez quelque chose pour la Saint-Michel...

— Nous ne désirons pas une location. Nous voulions seulement une chambre où madame,

qui est fatiguée, pût se passer un peu d'eau sur
la figure, se reposer...

Le patron jeta sur le couple un regard inqui-
siteur, puis il reprit d'un air pincé :

— Nous n'avons pas cela ; si monsieur veut
se rafraîchir et se reposer, nous avons des petits
salons de verdure.

Et il indiqua du doigt des bosquets à larges
treillage où l'œil pouvait pénétrer librement.
Cela ne faisait pas du tout l'affaire.

— Merci. Nous allons faire un tour auparavant sur la falaise, dit Croisfabert.

Et il entraîna Nina un peu découragée vers
une hauteur qui paraissait absolument déserte. On
s'assit dans les grandes herbes, et le fougueux
Croisfabert voulut reprendre la conversation,
mais la situation était intolérable. Tantôt c'était
un pêcheur qui rentrait avec le filet sur l'épaule,
tantôt une caravane de famille sur des bourriques
du pays, tantôt une bande passagère de femmes.
Enfin, au moment où Croisfabert, profitant d'un
moment de répit, allait enfin atteindre le but de
ses désirs, Nina, rouge de honte, aperçut tout à
coup sur le flanc de la falaise, un touriste cu
dessinait le paysage, et qui les regardait e
riant.

— C'est atroce, dit-elle, j'aime encore mieux
redescendre à Proutteville.

On remonta en voiture très maussade, et l'on revint à Chic-sur-Mer, Gros-Jean comme devant. Heureusement la mer était très calme, et tout faisait espérer que ce soir-là les cabines ne seraient pas déménagées.

— Voulez-vous nous donner rendez-vous ce soir à dix heures sur la terrasse ?

— Non, dit Nina, à dix heures ce serait encore trop tôt, mais je serai à onze heures devant la marchande de journaux.

Les deux amis se quittèrent un peu rassérénés. La soirée venue, Croisfabert constata avec une vive satisfaction que les cabines profilaient leur blanche silhouette tout le long de la plage. Pour tuer le temps, il monta un moment au cercle du Casino pour risquer quelques louis au baccarat. Dameroy était banquier et perdait depuis le commencement de la soirée, ce qui le rendait de très méchante humeur. Bonnecourt s'était approché de lui par derrière, Dameroy se retourna et lui cria vivement :

— On a déjà dit cent fois de ne pas passer par derrière le banquier !

— C'est à moi, que vous parlez ? demanda Bonnecourt.

— Parbleu ! vous me gênez.

Il n'avait pas plus tôt fini que Bonnecourt envoyait à Dameroy une gifle que celui-ci eut le temps de parer avec le bras.

Il y eut un tumulte indescriptible, les uns prenant parti pour Bonnecourt, les autres pour Dameroy. Celui-ci avait immédiatement prié Croisfabert de lui servir de témoin, et paraissait très exalté.

— Allons, bon ! pensa Croisfabert, il va me faire manquer l'heure de mon rendez-vous.

Et prévoyant de longs pourparlers avec les deux autres témoins, il se mit à employer toute son éloquence pour persuader à son ami qu'il n'y avait pas matière à duel.

— Comprends-moi bien, lui disait-il, si tu avais reçu la gifle, je serais le premier à te conseiller de marcher, mais tu ne l'as pas reçue.

— Heu ! heu !

— Tu ne l'as pas reçue, puisque tu l'as parée. Ne nie pas, j'ai remarqué, tu l'as parfaitement parée.

Dameroy ne paraissait persuadé qu'à demi, mais enfin Croisfabert lui en dit tant et tant qu'il finit par se laisser fléchir, et grâce à l'heureuse intervention de la galerie, les deux adversaires réconciliés finissaient par tomber dans les bras l'un de l'autre, mais non sans avoir rédigé de part et d'autre un interminable procès-verbal. Quand l'incident fut définitivement clos,

5

il était près de minuit. Croisfabert se précipita vers les cabines, mais, hélas ! il ne trouva plus personne. Madame Dussolier, probablement lasse d'attendre, était rentrée à l'hôtel de la Plage.

Ce soir-là, Croisfabert revint chez lui, si c'est possible encore plus furieux que la veille.

— Il faut décidément en finir, se disait-il le lendemain matin en se levant, c'est crispant. Il est impossible qu'un ami complaisant ne puisse pas m'offrir l'hospitalité.

Il se souvint alors que Taradel occupait avec sa maîtresse, sur la plage, un magnifique chalet. Il avait évidemment constaté l'autre soir aux petits chevaux l'empressement que Croisfabert avait mis à voler à son secours, et il serait enchanté de lui rendre à son tour un service. Il trouva Taradel assez grincheux. La discussion du jeu l'avait obligé à rentrer l'autre soir assez tard, et sa maîtresse n'avait rien voulu entendre.

Croisfabert exposa timidement sa demande.

Taradel réfléchit un moment. C'était bien difficile ; si sa maîtresse apprenait qu'un rendez-vous avait eu lieu chez elle, il y aurait une nouvelle scène terrible. D'un autre côté il tenait beaucoup à obliger le brave Croisfabert.

— Écoutez, lui dit-il, je mènerai Madame tantôt aux courses militaires. J'emmène le cocher et le valet de pied et donnerai congé au reste de la maison, de trois à six heures. Voici la clef du petit pavillon qui donne sur le jardin. Profitez de ce que le chalet sera libre et.... soyez heureux.

— Merci, dit Croisfabert, vous êtes la perle des amis.

III

Croisfabert eut beau insister, la belle Nina avait une trop jolie toilette à montrer pour ne pas vouloir aller au *Military*, ne fût-ce qu'une heure. On en reviendrait vite après la première course, et l'on aurait tout le temps encore et en cas de malheur un alibi tout trouvé.

On arriva donc au champ de courses qui présentait une animation toute particulière, grâce à l'attrait des courses militaires. Le pavillon réservé aux demi-mondaines était bondé. Il y avait là Lucie Cl..., Louise Mer..., Loulou, Gladie G..., Léa D..., Dal, Alice S..., et cent autres, luttant entre elles d'élégance, de tenue, et, chose extraordinaire, de luxueuse simplicité. De l'autre côté, au contraire, dans la tribune

réservée aux femmes moins... connues, on avait
risqué les nuances les plus éclatantes, les cor-
sages Louis XV les plus excentriques, les chapeaux. Restauration les plus invraisemblables.
La marquise de X... avait même fait son entrée
avec un immense capuchon bleu ciel, tout couvert de roses, sous lequel on n'apercevait plus du
tout sa tête mignonne.

— Ma foi, avait crié le petit B..., on ne sait
plus si c'est une femme qui a un chapeau ou
un chapeau qui a une femme !

Nina avait arboré un costume de cachemire
de l'Inde cigare sur velours du même ton, gilet
de satin brodé en couleur pareille, chapeau en
soie nattée cigare bordé de plumes ornées d'argent. Assise au premier rang, elle ne perdait
pas des yeux Croisfabert afin de disparaître au
premier signal. Les officiers venaient de faire
leur entrée et étaient très remarqués. Les petits
lieutenants de chasseurs surtout avec leur dol-
man bleu de ciel et leur écharpe distinctive attiraient tous les regards. Le capitaine de dragons
chargé des fonctions de starter eut beaucoup de
peine à les mettre en ligne, tant leurs chevaux
bondissaient et caracolaient sur place ; les dragons et surtout les cuirassiers avaient des attitudes plus calmes, mais aussi beaucoup moins
fantaisistes. Enfin le drapeau rouge s'abaissa et

les douze cavaliers franchirent au galop la première haie, A ce moment, le chauvinisme aidant,
il n'y avait pas un spectateur, si désintéressé
qu'il fût du résultat des courses, qui ne voulût
monter sur une chaise pour suivre des yeux le
Military. C'était le moment, Croisfabert fit un
signe à Nina, qui, avec une soumission touchante,
sortit aussitôt du pesage.

Nos deux amoureux sautèrent dans une voiture et jetèrent au cocher l'adresse du chalet, en
lui recommandant d'aller vite.

— Enfin, disait Croisfabert en couvrant de
baisers fous les mains de Nina, nos pauvres
amours vont donc avoir un abri! Brave Taradel! Comme nous allons être bien chez lui!

— Oui, oui, répétait encore Nina très rouge....
A ce moment le cocher s'arrêta net.

— Eh bien? marchez donc, cria Croisfabert.
Nous n'avons pas de temps à perdre.

— Monsieur, je ne peux pas ; la barrière est
fermée. Le cantonnier dit qu'il faut attendre le
passage du train.

— Diable! et il n'y a pas d'autre route ?

— Non, monsieur, c'est la seule.

— Enfin, se dit Croisfabert, ce train ne saurait tarder. Résignons-nous.

Cependant les minutes passaient et la barrière
restait fermée. Et pourtant les moments étaient

précieux !... Il n'y avait plus qu'une course après
le steeple militaire. Croisfabert, n'y tenant plus,
sauta à bas de la voiture et entama une alterca-
tion avec le gardien.

— Pas de train ! est-ce que vous allez m'ouvrir ?

— Non, monsieur, la consigne s'y oppose.

— Mais quel train attendez-vous donc ?

— Un train spécial qui fait le service des
courses. Tenez, voici les premières voitures qui
reviennent : cela ne sera plus bien long.

Et, en effet, un nuage de poussière apparaissait
déjà du côté du pesage. Dans quelques minutes
le retour des courses allait commencer et les
Taradel allaient reprendre le chemin du chalet.

Quand, le train passé, la barrière s'ouvrit enfin,
le flot des voitures n'était plus qu'à quelques centaines de mètres.

— A Chic-sur-Mer ! s'écria Croisfabert exaspéré.

Il déposa Nina à l'hôtel de la Plage, puis rentra à son hôtel dans un état d'irritation difficile
à décrire.

Il y était depuis quelques secondes, lorsque le
groom lui remit un mot. Il y avait :

« Mon cher ami,

» Ce supplice de Tantale ne saurait durer.
Pour vous comme pour moi, je comprends que

la situation est intolérable. Nous ne saurions
rester ainsi sans commettre quelque folie com-
promettante. J'aime mieux m'en aller. Je prendrai le train rapide de 7 heures 20.

> » Mes deux mains,
>
> » Nina. »

Croisfabert, ne se tenant pas pour battu, fit
ses malles au galop, régla ses notes et courut
à la gare.

Il y trouva Nina qui montait en coupé.

— De grâce, lui dit-il, avez-vous prévenu
votre mari ?

— Je n'en ai pas pris le temps.

— Bravo ! je lui annonce que vous arriverez
par l'express de demain midi.

Cinq heures après, à Paris, Nina et Croisfabert s'installaient tranquillement chez ce dernier,
finissant après bien des peines par où il eût été
si simple de commencer.

POUR UNE SOIRÉE

I

Avenue de l'Opéra, chez une jeune et jolie pensionnaire de la Comédie-Française. Salon très sérieux; bibliothèque choisie de tous les grands auteurs classiques. Buste de Molière en bronze. Portrait de Regnier en costume de 1850, et au bas, au crayon : « A ma charmante élève ; son professeur, Regnier. » Çà et là, accrochées à la muraille, de grandes couronnes d'or, avec des flots de rubans. Madame X..., mère de la pensionnaire, air très respectable, bandeaux de cheveux blancs, bonnet à fleurs, travaille dans un fauteuil à un ouvrage de tapisserie.

5.

La femme de chambre. — Madame, il y a un monsieur qui désire parler à Mademoiselle pour affaire. Il m'a remis sa carte.

Madame X..., lisant. — « Le baron Van Liebt, chambellan honoraire de Sa Majesté le Roi de Hollande. » Faites entrer.

Le Baron, quarante ans, moustache blonde, grands favoris, très grand air. Il entre en saluant. — Pardon ! Mademoiselle X..., s'il vous plaît ?

Madame X... — Elle n'est pas ici, monsieur. Elle répète.

Le Baron. — Oh ! je regrette beaucoup, beaucoup ! J'avais une communication très importante à lui faire... Je vous demande pardon de mon accent, je ne parle pas très bien français.

Madame X... — Mais si, monsieur s'exprime très bien ; et il s'agissait...?

Le Baron. — J'aurais voulu avoir chez moi mademoiselle X... la semaine prochaine.

Madame X... — Ah ! c'est pour une soirée ; eh bien, monsieur, cela tombe à merveille. Justement, on n'est pas encore revenu de la campagne, et ma fille, quand elle ne joue pas, a ses soirées assez libres.

Le Baron, surpris. — Ah !... Mademoiselle X... est votre fille ?

Madame X... — Oui, monsieur. L'hiver, il vous faudrait vous y prendre plus à l'avance, car on

me la demande partout. L'année dernière, surtout, a été très fructueuse,

Le Baron. — Très fructueuse ! Au fait, elle
est si jolie !...

Madame X... — Le public veut bien lui re-
connaître un certain talent.

Le Baron. — Le public ! Et c'est vous qui
tenez les petits comptes. C'est bizarre ! Alors,
combien me prendriez-vous...?

Madame X... — Mon Dieu, monsieur, je connais à peu près le prix habituel de ma fille,
mais, pour les conditions détaillées, j'aime bien
mieux que vous vous entendiez avec elle.

Le Baron. — Il me semble que ce serait
mieux.

Madame X... — En effet. Eh bien, allez ce
soir à la Comédie-Française. Précisément, on
joue *Tartuffe*, elle n'est pas du 2.

Le Baron. — Du 2 ?...

Madame X... — Elle n'est pas du deuxième
acte. Vous vous présenterez au concierge du
théâtre vers les neuf heures et demie, et il vous
indiquera la loge de ma fille.

Le Baron. — Il me laissera monter ?

Madame X... — On ne laisse pas entrer le
public, mais les gens respectables comme monsieur... Et puis... vous aurez bien soin de dire
que c'est *pour affaires*.

Le Baron. — Ah ! il suffira de dire... Alors, madame, annoncez-moi pour neuf heures et demie. Je serai exact.

Madame X... — C'est convenu. Monsieur, je vous salue. N'oubliez pas de dire : « Pour affaires. »

Le Baron. — Oui, je me souviendrai : « Pour affaires. » (Il salue.) Madame ! (A part.) On m'avait bien dit que ces mères d'actrices étaient extraordinaires, mais celle-ci l'est au delà de tout ce que je pouvais imaginer. (*Exit* le baron.)

II

A la Comédie-Française, dans la loge de mademoiselle X... Petit salon, très bas de plafond, tout
tendu en reps rouge, cheminée avec garniture en
vieux Saxe. Grande psyché ; dans le fond, une
portière, à demi soulevée, laisse apercevoir un
cabinet de toilette éclairé au gaz. Devant la cheminée, deux petits fauteuils très bas. Dans un
de ces fauteuils, mademoiselle X..., en toilette
de bal, se chauffe frileusement devant le feu.

La Femme de chambre. — Le baron Van
Liebt demande à parler à madame.

Mademoiselle X... — Ah ! oui, je sais ; fais-le
entrer. (Entrée du baron en habit noir, cravate blanche ;
à la boutonnière, une brochette de décorations.) Asseyez-
vous, monsieur, ma mère m'avait prévenue de
votre visite.

Le Baron, s'asseyant. — Madame votre mère avaît prévenu... c'est tout à fait gentil à elle, et cela va faciliter beaucoup ma démarche. Je vous avouerai que j'étais un peu intimidé.

Mademoiselle X..., souriant. — Vraiment, monsieur; il n'y avait pas de quoi.

Le Baron. — Et, alors, vous savez ce qui m'amène ?

Mademoiselle X... — Parfaitement; vous venez me demander mes conditions pour une soirée chez vous.

Le Baron. — C'est bien cela. Mes conditions sont les vôtres, Mademoiselle. J'y souscris d'avance.

Mademoiselle X... — C'est que cela dépend absolument de ce que vous voulez.

Le Baron. — Expliquez-vous.

Mademoiselle X... — C'est que je pourrais demander à une ou deux de mes camarades de venir avec moi. Me voulez-vous seule, ou à trois ?

Le Baron, très surpris. — Une ou deux amies ?.. Ah ! et pourquoi ?

Mademoiselle X... — Parce qu'à trois nous pouvons aborder un répertoire beaucoup plus varié.

Le Baron. — J'avoue que je n'avais pas songé aux amies.

Mademoiselle X... — Vous comprenez : seule,

on est très limité. C'est toujours un peu la même chose.

Le Baron. — Ce sera nouveau pour moi.

Mademoiselle X... — Tout dépend de savoir s'il s'agit d'une grande fête ou d'une petite fête.

Le Baron. — Certes, je veux la grande fête..., mais je désire cependant rester dans l'intimité ; par conséquent, quel que soit le prix de la présence de vos camarades...

Mademoiselle X... — Oh ! ce n'est pas beaucoup plus cher. Comme c'est toujours moi qui joue le rôle principal, elles ne sont là que pour me donner la réplique. Ainsi, si je viens seule, ce sera cinq cents francs, et si mes deux camarades viennent avec moi, ce sera mille francs.

Le Baron, rêveur. — Mille francs avec les camarades...

Mademoiselle X... — C'est un prix convenu entre elles et moi. Je les prends très souvent. Cela vaut mieux que des étrangères. Nous avons l'habitude les unes les autres. Sans cela, pas d'ensemble.

Le Baron. — C'est très juste, mais je ne tiendrais pas à l'ensemble.

Mademoiselle X... — Ah !

Le Baron. — Oui, vous savez, nous autres étrangers, nous n'avons pas besoin de tous ces raffinements usités, à ce qu'il paraît, en France ;

nous sommes moins blasés ; ainsi, j'aimerais mieux pour mon goût, moi, vous offrir mille francs... et ne pas avoir les amies.

Mademoiselle X... — Comme vous voudrez ; et ce serait bientôt ?

Le Baron. — Mais, le plus tôt possible.

Mademoiselle X... — Je vous demande cela, parce qu'il serait assez utile que j'aie auparavant été un peu chez vous.

Le Baron. — Vous viendrez plusieurs fois ?...

Mademoiselle X... — Oui ; il n'est pas mauvais que je connaisse un peu les êtres, que j'aie vu la position des meubles, que je sache où se passera la scène.

Le Baron. — Oh ! je veux bien, je vous montrerai l'endroit ; mais si vous venez plusieurs fois ce sera plus cher, n'est-ce pas ?

Mademoiselle X... riant. — Mais non, monsieur ; ce que j'en fais, c'est par simple amour-propre. Ainsi, vous n'avez qu'à fixer votre jour. Il vous faut le temps d'envoyer vos invitations !

Le Baron. — Mes invitations ?

Mademoiselle X... — Oui, aurez-vous beaucoup de monde ?

Le Baron. — Non, je n'aurai personne.

Mademoiselle X... — Comment personne ! Vous m'aviez parlé d'une soirée.

Le Baron. — Oui... même d'une nuit... !

Mademoiselle X.., se levant très rouge. — Hein !
Ah çà, monsieur, vous êtes fou !...

Le Baron. — Moi, mademoiselle !

Mademoiselle X... — Comment ! vous osez
venir me demander, à moi...! Mais non, je rêve,
ce n'est pas possible... vous n'oseriez pas ! Vous
vous êtes sans doute mal exprimé.

Le Baron. — Je suis vraiment désolé. Je n'a-
vais pas l'intention, je vous jure...

Mademoiselle X..., essayant de se calmer.— Expli-
quons-nous. Vous êtes bien venu me demander
de venir jouer la comédie à une soirée que vous
donniez chez vous ? C'est bien de cela que nous
causons depuis une heure, n'est-ce pas ? Mais
répondez donc !

Le Baron, troublé. — Ah !... Oui, certainement... Bien entendu... Je n'ai jamais pensé à
autre chose...

Mademoiselle X... — Alors, pourquoi me par-
lez-vous d'une nuit ?

Le Baron, se remettant. — D'une nuit... parce
que... il est possible que la soirée se prolonge
assez avant dans la nuit.

Mademoiselle X... — Et vous me dites que
vous n'aurez personne ?

Le Baron, tout à fait remis. — Évidemment...
A cette époque-ci de l'année, beaucoup de mes
amis sont encore à la campagne. J'aurai à peine

une centaine d'invités, c'est ce que j'appelle personne.

Mademoiselle X... — A la bonne heure! J'a-
voue que, de la part d'un homme aussi comme il
faut que vous, monsieur, il m'eût été pénible de
croire à une insulte gratuite.

Le Baron. — Une insulte ! Oh! mademoiselle.
Excusez un pauvre étranger qui s'escrime le
mieux qu'il peut avec votre langue si difficile.
Alors, je compte sur vous samedi prochain,
28, rue de Murillo, à minuit et demi.

Mademoiselle X... — J'aimerais mieux une
heure.

Le Baron. — Une heure, soit ! mademoisèlle.
Je vous offre, avec tous mes remerciements, mes
plus respectueux hommages. (A part.) Eh bien,
j'avais failli faire une jolie sottise. (Il lui baise
galamment la main, salue et sort.)

III

Rue Murillo. Longue file de voitures, fiacres et voitures de maître stationnés devant la porte du n° 28, ouverte à deux battants. De chaque côté de la porte, un garde municipal à cheval; sous la voûte, deux sergents de ville. Toutes les fenêtres du premier étage, brillamment éclairées; on entend vaguement les accords d'un orchestre.

Mademoiselle X..., arrivant en landau. — Oh! mais c'est une très grande soirée! Si j'avais su, j'aurais mis mes diamants. Bah! mes perles font autant d'effet. (Le landau entre sous la voûte. Dans le vestibule, deux rangées de domestiques, poudrés et en culotte courte.)

Le Baron, ouvrant lui-même la portière. — Comme c'est aimable d'être aussi exacte!

Mademoiselle X... — Comment ! vous êtes descendu au-devant de moi ! Je vais vous gronder de laisser ainsi vos invités.

Le Baron. — Cela me permet de vous voir deux minutes plus tôt, et c'est beaucoup.

Mademoiselle X..., riant. — Tiens ! tiens ! mais on est très galant en Hollande. (Elle descend de voiture et lui prend le bras. Ils montent lentement l'escalier entre deux buissons de roses, tandis que l'orchestre joue une marche hongroise.) Si vous saviez comme mon cœur bat !

Le Baron. — Et le mien donc !

Mademoiselle X... — Toutes les fois que je vais dans le monde c'est la même chose. La salle entière de la Comédie-Française m'effraie moins que cinquante personnes dans un salon. J'ai une peur atroce.

Le Baron. — Je vous assure que mon public ne vous effraiera pas.

Mademoiselle X... — Ah ! J'aurai une bonne salle ?

Le Baron. — Excellente ; j'ai pris mes mesures en conséquence. (On arrive au premier.)

Mademoiselle X... — Ah çà, mais où son donc vos invités ? je ne vois personne.

Le Baron. — Entrez toujours, entrez toujours.. (Il l'entraîne vers un petit boudoir, la porte retombe.) Maintenant, asseyez-vous.

Mademoiselle X... — Voyons, expliquez-vous. Où est le public ?

Le Baron. — Vous m'avez dit qu'il vous effrayait. Alors, je l'ai supprimé.

Mademoiselle X... — Comment! Mais toute ces voitures que j'ai vues à la porte ?...

Le Baron. — Je les ai louées pour la circonstance.

Mademoiselle X... — Ces gardes municipaux, ces sergents de ville ?...

Le Baron. — C'était pour fêter votre arrivée. J'aurais voulu vous élever un arc triomphal.

Mademoiselle X... — Alors, ces lumières, ces fleurs, cet orchestre...?

Le Baron. — Pour vous, rien que pour vous. Ne fallait-il pas vous laisser croire à une véritable soirée ? sans quoi vous ne seriez pas entrée.

Mademoiselle X... — Quelle folie !...

Le Baron. — Non, puisque vous voilà. (Il lui prend les mains.)

Mademoiselle X... — Eh bien, maintenant, je m'en vais. (Elle veut se lever.)

Le Baron. — Je vous en supplie, restez, soyez bonne. D'ailleurs, j'aime mieux vous l'avouer, je ne vous laisserai pas partir.

Mademoiselle X... — Vous ne l'oseriez pas!

Le Baron. — Je vous en donne ma parole d'honneur.

Mademoiselle X... hésite, et regarde le baron qui s'est mis à genoux devant elle. La musique joue une marche hongroise si entraînante, que mademoiselle X..., toute émue, se laisse aller dans les bras du baron, en lui disant à voix basse :

— Renvoie au moins les municipaux.

AH !

QUEL PLAISIR D'ÊTRE SOLDAT!...

I

Bien des fois le capitaine Tournecourt avait
été sollicité de donner sa démission pour faire
quelque beau mariage ; jamais il n'avait con-
senti. C'est que, pour le capitaine Tournecourt,
le métier militaire était le premier des métiers.

Certainement, il y a parfois des froissements
d'amour-propre, des besognes un peu pénibles
des moments un peu durs à passer, mais aussi
quelles satisfactions intimes et profondes dans le
privilège de ce costume spécial, brevet d'hono-
rabilité et de bravoure, dans cette camarade-

rie qui vous fait trouver dans chaque ville de garnison une famille et dans chaque officier un ami !

Tournecourt pensait-il à tout cela en traçant, avec l'aide du fourrier, une superbe trajectoire sur le mur du quartier ? Peut-être ?... Toujours est-il qu'il s'agissait pour le moment de bien faire comprendre aux hommes la différence entre la *ligne de tir*, la *trajectoire* et la *ligne de mire*, et Tournecourt se rappelait le principe qu'il ne faut jamais dire au soldat : Imaginez ! — mais Voyez !

Armé d'un pinceau et d'un pot de noir, le mètre à la main, il avait déterminé, d'une manière absolument géométrique, la direction de la trajectoire, le *but en blanc*, l'*angle de mire* et la *zone dangereuse*, et tandis que la ligne partant de l'œil du tireur et passant par le fond de l'encoche et le sommet du guidon n'était indiquée qu'en pointillés, la courbe décrite par la balle était définie par une raie bien large et bien noire. Il n'y avait pas de méprise possible.

Quand ce fut fait, Tournecourt regarda avec complaisance l'effet produit sur le mur par ce long travail et par cet entrecroisement de lignes noires sur fond blanc, puis il revint chez lui songeant aux simplifications qui allaient en résulter pour la théorie. Il était à peine rentré quand tout à coup un planton vint lui dire que le colonel le demandait.

Tournecourt sauta sur son épée, boucla son ceinturon, et quelques instants après, les talons réunis, il se présentait devant son chef.

— Tournecourt, je reçois une note fulminante de la part du Génie. Il prétend que vous avez complètement dégradé un des murs du quartier.

— Moi, mon colonel ?. J'ai simplement tracé une trajectoire.

— Précisément; voici ce que je viens de recevoir :

« Note :

» Le commandant du Génie, traversant, ainsi qu'il en a le droit et le devoir, la cour du quartier, a été péniblement surpris de trouver le mur jadis blanc de la face Est complètement maculé par une série de lignes noires; il a surtout remarqué une formidable trajectoire de deux centimètres de largeur sur dix mètres de longueur, d'un effet déplorable.

» Le commandant fait remarquer qu'il a remis au 36e régiment de dragons un mur blanc, absolument blanc, sans la moindre trajectoire, et prévient qu'il va immédiatement donner des ordres pour remettre les lieux en état aux frais du 36ᵉ. Les travaux de peinture nécessités par les dégradations ci-dessus indiquées s'élèveront à dix-huit francs soixante-quinze centimes.

» Le commandant du Génie,

» Galry de Mine. »

— Mon co one , s'écria Tournecourt, de grâce ne laissez pas effacer ma trajectoire ! C'est le fruit de sept ou huit heures de travail qui serait perdu et ce tracé m'est indispensable pour le cours de tir. Quant aux dix-huit francs soixante-quinze, il faut bien se garder de les donner.

— Ah ça, vous voulez donc entrer en lutte avec le Génie.

— Carrément.

— Méfiez-vous. Le Génie est très puissant aujourd'hui, et ce n'est pas pour rien qu'on l'a appelé le Génie malfaisant. Enfin, faites-moi un rapport sur votre trajectoire et je l'enverrai au commandant.

Tournecourt salua et partit très ennuyé. Autant il était homme d'action, autant il détestait tout ce qui était paperasse et rapport. Enfin il se lança dans des considérations magnifiques sur l'importance de sa trajectoire. Ce n'était pas d'ailleurs une trajectoire ordinaire. C'était une superbe trajectoire qui permettait à l'homme de suivre avec un œil attendri la courbe décrite par le projectile, et à conclure — point très important — qu'elle avait sensiblement la forme décrite par une pierre lancée à la main. Or, comment expliquer cela clairement au conscrit. On aurait beau lui lancer une pierre, dix pierres, vingt pierres, et lui demander ensuite s'il a vu la ligne, il vous répondra triomphalement : « Pour sûr que j'ai vu la pierre, mais nonobstant que je n'ai pas vu la ligne. » — D'où, concluait Tournecourt, nécessité de tracer une trajectoire sur le mur Est.

La réponse du Génie ne se fit pas attendre. Le lendemain, dès l'aube, un soldat, armé d'un pinceau et d'un pot de blanc était envoyé par le terrible Galry de Mine et faisait disparaître, sous une épaisse couche de peinture, le travail de Tournecourt.

— Coût : dix-huit francs soixante-quinze centimes.

Le capitaine désespéré se précipita avant le rapport chez le colonel pour narrer l'acte de vandalisme commis. Il apprit de la bouche de son chef qu'il n'y avait qu'à s'incliner : c'était la lutte du pot de terre contre le pot de fer, bien heureux encore si le désagrément se bornait au susdit badigeon.

— Tenez, ajouta-t-il, quand je suis arrivé, j'a-
vais demandé qu'on m'installât certain petit
pavillon secret dans une autre partie des bâtiments. Regardez comme il est placé ; je suis
obligé de passer devant deux factionnaires qui
me présentent les armes chaque fois que je suis
obligé de me rendre par là.

— Le fait est que ce doit être très gênant, dit
Tournecourt.

— Pis que cela, c'est ridicule. Eh bien ! je n'ai
rien pu obtenir.

— Il y aurait une façon bien simple de tourner la difficulté, mon colonel. A votre place je me
ferais placer un petit vase dans l'antichambre qui
précède la salle du rapport, et avec un simple paravent...

— Ma foi, capitaine, vous avez raison, et dès
aujourd'hui je mets votre idée à exécution. Le
prestige du commandement y gagnera.

— Et ce sera plus que jamais la lutte du *pot*
de terre dont nous avons parlé tout à l'heure,
ajouta Tournecourt en riant.

Pendant quelques jours tout alla bien. Le colonel disparaissant derrière son paravent, s'ap-
plaudissait de l'amélioration apportée dans son
existence ; mais pendant ce temps-là Galry de
Mine se méfiait. Comment le colonel — dont les
habitudes réglées étaient bien connues — ne se

dirigeait-il plus à heures fixes vers le petit pavillon? Il ouvrit une enquête et découvrit le stratagème du paravent.

Pour le coup un rapport terrible fut adressé au ministre. Le régiment occupant le quartier se permettait de manquer aux prescriptions du *Journal militaire*, 2ᵉ semaine 1844. Il changeait sans ordre la disposition primitive des lieux, la destination des locaux et l'assiette du casernement. C'était très grave. Déjà au ministère on avait reçu un premier réquisitoire contenant l'histoire de la dégradation préméditée des bâtiments de l'État.

C'est par la dégradation qu'on commence, c'est par un changement d'assiette qu'on finit. Le deuxième rapport, arrivant quelques jours après le premier finit par émouvoir les autorités.

— Ah çà, ils ne veulent donc pas rester tranquilles, dans ce régiment-là? s'écria le haut et puissant général Bourgachard. Tous les jours ils font parler d'eux. Ma foi, j'ai un moyen bien simple d'avoir la paix : c'est de proposer à Son Excellence leur envoi au camp d'Attila.

Et, de fait, quelques jours après, le 36ᵉ dragons recevait l'ordre de quitter la garnison, bien qu'on fût au commencement de l'hiver. Sept cents hommes et huit cents chevaux se dirigeaient lentement par étapes, sous une pluie battante, vers

6.

le camp d'Attila. Et pendant ce temps, le quartier qu'ils quittaient était occupé par six compa-
gnies du Génie qui s'installaient triomphalement
dans les stalles, manèges et chambrées de ces in-
corrigibles cavaliers.

II

— Evidemment, se disait Tournecourt enve-
loppé dans son grand manteau, et fumant mélan-
coliquement à la tête de son escadron, on eût
peut-être pu choisir pour nous envoyer là-bas
une époque plus propice, mais en somme c'est
un poste d'honneur qu'on nous donne. Et puis,
qui sait, le camp peut avoir son charme. Cette
existence en plein air, cette vie mâle, rude, primitive, c'est la vraie vie du soldat. Il y a peut-
être par-là quelque châtelaine peu farouche,
quelque provinciale naïve, à laquelle on pourra
faire un doigt de cour.

Et ce brave capitaine, chassant les idées sombres, se tourna vers son escadron qui suivait en
colonne par quatre, sous une pluie battante, et
cria de sa voix de stentor :

— Allons, les dragons, sacrebleu ! elle est donc morte cette gaieté française ! Il y aura un litre à la grande halte pour le meilleur chanteur.

Et les cavaliers, souriant un instant, sortirent un peu leur nez du grand collet relevé et commencèrent en chœur avec le capitaine :

Trois canards, battant de l'aile (couïn, couïn, couïn),
Disaient à leur cane fidèle (couïn, couïn, couïn) :
Quand donc aurons-nous des enfants
Qui feront comme leurs parents :
          Couïn, couïn, couïn !!!

Il y avait dix-neuf couplets, mais ce matin-là, franchement, il pleuvait trop ! Le cœur n'y était pas. Dès le second couplet les voix allèrent en diminuant, puis s'éteignirent tout à fait, et Tournecourt resta tout seul à lancer sous la tempête le fameux : couïn, couïn, couïn !

— Bah, pensa-t-il, affaire de temps. Au premier rayon de soleil, la chanson reviendra.

On arriva ainsi à l'étape ; le casernement avait été très difficile, les habitants n'y avaient peut-être pas mis toute la complaisance nécessaire. C'était encore une illusion de Tournecourt qui s'envolait. Jadis, c'était à qui voudrait loger un militaire.

— Il paraît que vous voyagez par punition ? avait été le premier mot du notaire chargé d'héberger le capitaine.

Par punition! Le mot avait cinglé Tournecourt comme un coup de cravache.

— Non, monsieur! s'était-il écrié. Nous voya-
geons parce que, le cas échéant, il est nécessaire
d'avoir en avant-garde un rideau de cavaliers
comme nous pour défendre... les gens comme
vous.

Ceci avait déjà jeté un froid. Que fut-ce dans
la journée, quand Tournecourt, sur la place
d'armes, ayant relevé durement un fourrier coupable de négligence, vit un gros homme ventru,
commun, s'approcher les deux mains dans ses
poches et lui dire :

— Capitaine! vous feriez aussi bien de ne pas
parler aussi durement à vos soldats. Ce sont des
hommes après tout!

Le gros père n'avait pas fini que la botte de
Tournecourt lui envoyait un coup de pied magistral qui l'envoyait rouler à quinze pas. Infor-
mations prises, il se trouva que le donneur de
conseils était l'adjoint au maire. On juge du
scandale. Il y eut enquête, rapport, contre-en-
quête : bref, le lendemain matin au départ, le
régiment se vit refuser le *certificat de bien
vivre.*

— Mon pauvre ami, dit le colonel, j'ai bien
peur qu'il ne résulte encore de tout cela une
mauvaise affaire pour vous.

— Bah ! dit Tournecourt, il est impossible qu'on me donne tort, et j'ai la conviction d'avoir fait mon devoir.

Le surlendemain on arriva au camp. Malgré toute la philosophie possible, il faut avouer que le premier abord n'était pas attrayant. Un immense cloaque de boue dans laquelle on enfonçait jusqu'à la cheville, des baraques délabrées, abandonnées depuis dix ans, laissant passer l'eau et le vent par mille interstices. Pour les chevaux, des piquets de bivouac avec la corde et l'entrave.

— Les chevaux seront peut-être d'abord un peu durement, se disait l'optimiste Tournecourt, mais avec une bonne couverture, et en leur laissant le poil d'hiver... Le principal c'est que les hommes ne soient pas mal.

Il se rendit dans les chambrées. Les lits n'étaient pas arrivés ; on avait seulement jeté çà et là quelques bottes de paille sur le sol humide pour permettre aux cavaliers de se coucher par terre. Il n'y avait ni planche à pain, ni râtelier d'armes, ni table, ni chaise. Les fenêtres avaient des carreaux cassés. Les bois avaient joué et sous les portes on aurait pu passer le bras.

C'était une désolation universelle ! Habitués à toutes les aises du quartier, les cavaliers s'exclamaient :

— Mon capitaine, où accrocher les bidons ? où

déposer les selles ? où placer les fusils ? Il n'y a
rien. C'est terrible !

— Allons, silence, clampins ! tonnait Tournecourt. A la guerre comme à la guerre ? C'est le
moment d'être débrouillards. A quoi sert de gein-
dre ? Demain vous serez moins mal, après-demain
mieux, et dans huit jours comme des coqs en pâte.

Les hommes s'efforcèrent de sourire, un peu
ranimés, et Tournecourt gagna sa baraque, si-
mulant une confiance qu'il n'avait plus guère. Il
avait vraiment espéré que ce serait moins mal.
Cette baraque était une espèce d'armoire où l'on
pouvait à la rigueur mettre un petit lit de fer, une
chaise, une table et un poêle. Une véritable salle
de police. Quand ce mobilier de Spartiate fut apporté du village voisin, il devint impossible de se
remuer. Toute la journée Tournecourt cloua des
bourrelets, boucha les trous des planches avec du
papier, et ayant remarqué qu'il pleuvait un peu
sur son lit, — oh ! presque rien, — il accrocha
au plafond un parapluie tout ouvert de manière
à abriter le traversin.

— Mon capitaine, dit tout à coup l'ordonnance,
je vous amène votre cheval.

— Mon cheval ?

— Oui, pour aller dîner. Vous ne pourriez pas
gagner le mess à pied.

Tournecourt regarda et vit en effet qu'autour

de la baraque s'était formé un véritable lac. Il
sauta en selle et arriva à pied sec. Tous les camarades étaient sombres. Personne, même parmi
les plus insouciants et les plus fous, ne pouvait
se faire à l'idée de passer l'hiver dans un endroit
semblable. On mangea du bout des lèvres, transis,
grelottants ; les paroles étaient rares. Comme pour
la chanson des canards, le cœur n'y était pas.

En vain Tournecourt essaya de ranimer la
conversation, évoquant les gais souvenirs d'autrefois, faisant entrevoir un meilleur avenir, personne n'y croyait, pas plus que lui.

— On dirait une salle à manger d'hôpital, disait l'un.

— Dites plutôt de prison, disait l'autre.

— Plaignez-vous donc ! Encore vous êtes garçon. Moi j'ai été obligé de renvoyer ma femme
chez ses parents. Quand la reverrai-je?...

Brrrrr! Décidément les camarades n'étaient pas
gais, Tournecourt préféra remonter dans sa baraque ; en général une porte ouvre sur un corridor ;
au camp, elle ouvre sur l'immensité. Il alluma un
bout de bougie qui se mit à trembler misérable-
ment sous l'action du vent qui venait de tous côtés ;
puis, se glissant sous son parapluie, il essaya, tandis que la pluie fouettait les vitres, de s'endormir
en murmurant :

— Camp d'Attila ! Poste d'honneur !

III

Quelques semaines se passèrent sans apporter grande amélioration. Les rangs des camarades s'éclaircissaient terriblement. Les uns, les intrigants, s'étaient fait détacher dans quelque *embuscade* ; d'autres, les découragés, avaient donné leur démission. Tournecourt luttait, mais franchement il y avait des jours où il lui prenait des envies folles d'envoyer le métier au diable.

Deux choses le soutenaient : d'abord l'espérance de passer prochainemet chef d'escadron, et puis la possibilité de trouver une diversion dans le pays. Ce qui manquait à sa vie, c'était la femme ; qu'une femme vînt l'occuper et il oublierait bien vite les amertumes du métier. Malheureusement il n'y avait pas le moindre château à la ronde. Le village lui-même avait été

brûlé par les Prussiens, et tout le long de la rue
on ne voyait que des toits percés à jour et des
maisons éventrées.

Au milieu de ces ruines, un industriel, appre-
nant l'arrivée d'un régiment, avait eu l'idée bizarre de rouvrir un ancien café chantant.

Le soir il allumait une lampe à la porte et, se
campant en faction, regardait en éclaireur dans
la grande rue s'il ne voyait rien venir. Une affiche annonçait que mademoiselle Pauline et mademoiselle Antonia, de Paris, feraient entendre un
répertoire des plus variés.

A tout hasard, Tournecourt un beau soir entra
avec un camarade dans l'établissement, tandis que
le patron ravi se précipitait dans la salle en
criant :

— Mesdemoiselles, à vos postes, voici des
clients !

La salle était immense et aurait pu tenir un
millier de spectateurs, mais il n'y avait absolument
personne. Le théâtre seul était éclairé. Devant un
décor représentant une forêt — et quelle forêt!
— deux pauvres filles en jupe courte et en corsage de velours râpé étaient assises sur deux chaises
de paille. La grosse mademoiselle Pauline était une
blonde fadasse frisant la quarantaine ; quant à mademoiselle Antonia, elle était vraiment jolie. Mince,
très brune, avec une tête un peu bohémienne,

elle avait des yeux bleu d'acier qui faisaient un contraste bizarre avec sa peau dorée comme une orange. Elle accusait à peine dix-sept ans.

Le patron s'était mis au piano, et les chants commencèrent — tout le répertoire que Thérésa chantait il y a quinze ans. Bien qu'il n'y eût qu'un seul rang de spectateurs formé par les deux officiers, les chanteuses, par habitude, continuaient à *envoyer* leur couplet tout au fond de la salle sombre. C'était lugubre !

Quand Antonia eut chanté, elle descendit avec une petite assiette pour faire la quête. Tournecourt jeta une pièce de monnaie et l'invita à se rafraîchir.

— J'aimerais mieux manger, lui dit-elle à l'oreille. Demandez donc au patron la permission de m'emmener.

Ma foi, cette fille était étrange. Il y avait peut-être là le dérivatif cherché...

— Monsieur, dit Tournecourt au *directeur*, permettez-vous à mademoiselle Antonia de quitter la représentation ?

— Oh ! monsieur, c'est impossible ! c'est elle qui fait le plus de recette.

— Mais il est dix heures. Il ne vous viendra plus personne.

— Qui sait ? Son départ pourrait me causer peut-être un préjudice... de dix francs.

Tournecourt comprit, donna dix francs à l'industriel, et fit signe à la chanteuse. Celle-ci toute joyeuse jeta sur ses épaules un vieux tartan, se campa sur la tête une toque de loutre râpée, et sortit avec le capitaine, tandis que la grosse Pauline continuait, par ordre, à chanter dans la salle vide... pour faire venir le monde.

— Il y a par ici une petite auberge où l'on mange très bien et ce n'est pas cher, dit Antonia.

— Eh bien allons ! répondit Tournecourt, entrevoyant peut-être un souper amusant.

On s'assit à une table, et tandis que la chanteuse mangeait avec avidité, Tournecourt. lui demanda en souriant comment elle avait un tel appétit.

— Voilà ! le patron nous nourrit. Il doit nous donner deux plats. Alors il nous sert du bœuf avec des légumes, seulement il met les légumes à part et il prétend que cela fait deux plats. Nous crevons de faim.

— Et qu'est-ce qu'il vous paye ?

— Il m'avait promis dix francs par jour, puis c'est descendu à six, puis à quatre. Il est vrai que nous avons les quêtes... Mais il ne vient jamais personne. Pour ce prix-là nous devons *répéter* de deux à cinq heures pour faire venir du monde, et jouer de six heures à onze heures du soir.

— Et vous êtes tout ce temps-là au concert?

— Tout le temps! l'autre jour, j'étais chez moi à une heure et demie. Le patron vint me chercher en me disant : Venez vite! Il y a quatre soldats dans la rue, ils vont *peut-être* entrer. Il a fallu y aller.

Tous ces détails navraient Tournecourt. Quelle misère! Et comment emmener cette pauvre affamée, jolie quand même, mais si mal soignée, si mal peignée... Trois boutons manquaient au corsage, et comme Tournecourt en faisait la remarque :

— Que voulez-vous! lui dit-elle. Je n'ai pas une minute à moi; je suis tout le temps *à la répétition.*

C'était vraiment trop de réalisme, et l'aventure dans ces conditions se présentait à Tournecourt sous une apparence si peu attrayante, qu'il préféra y renoncer. Il souhaita une bonne nuit à la chanteuse très étonnée de ce désintéressement, et rentra au camp plus triste qu'avant. Qu'elles étaient loin les châtelaines rêvées!...

Dans sa baraque, il trouva un mot du colonel :

« Mon cher Tournecourt,

» Je suis vraiment désolé d'avoir à vous apprendre une mauvaise nouvelle, mais votre coup de pied à l'adjoint vous a fait rayer du tableau d'avancement pour cette année.

    » Bien affectueusement à vous. »

Tournecourt se laissa tomber sur une chaise. C'était le dernier coup, la goutte d'eau qui faisait déborder le vase.

— La mesure est comble ! s'écria-t-il, et cette démission qu'on m'a si souvent conseillée, la voici !...

Il prit la plume, et fiévreusement, tout d'un trait, il écrivit sa lettre de démission.

Puis, quand ce fut fait, il se leva pour aller la remettre au colonel.

Mais, soudain, tout son passé si brillant, si ensoleillé, se dressa devant lui avec le prestige des choses qu'on va perdre. Il revit de beaux escadrons défilant au galop, sabre au poing, des crinières flottantes, des casques étincelants ; il lui sembla entendre les fanfares de la veille, le vieux refrain du régiment, et les clameurs indignées des camarades l'accusant de déserter le poste à l'heure du sacrifice. Comment ! il allait cesser d'appartenir à cette grande famille militaire ! Il ne serait plus le capitaine Tournecourt, mais un bourgeois, un pékin, le premier venu !...

— Non, se dit-il, c'est impossible !

Et, déchirant sa démission, il en jeta les morceaux au feu.

L'ENLÈVEMENT DES SABINES

Au Cercle. La salle du comité. Grande table verte autour de laquelle sont rangés de vingt à vingt-cinq membres. Au centre, le général Z... présidant la séance. A droite, les membres mariés ; à gauche, les membres garçons. L'assemblée est orageuse. Au milieu d'un tumulte indescriptible, on entend : — Oui, nous les aurons malgré vous. — C'est ce que nous verrons. — Nous les enlèverons à votre nez, à votre barbe. — Ah çà, est-ce que vous prenez nos femmes pour des Sabines ? — Allez donc, vieux Romains ! vieux Sabins !... etc., etc.

Le général Z..., agitant sa sonnette, — Garde

à vous !... pardon ! Messieurs, la séance est ouverte. Un peu de silence dans les rangs, s'il vous
plaît. Monsieur C..., veuillez donner lecture du
procès-verbal adopté dans la dernière séance du
comité.

Monsieur C..., se levant. — Le comité, trouvant que le chef de cuisine se relâche, et qu'il a,
notamment la semaine précédente, complètement
manqué un macaroni au gratin, lui inflige un
blâme sévère et passe à l'ordre du jour.

Le général Z... — Personne n'a d'observation
à présenter sur le procès-verbal ?... Adopté.

A... (comité de littérature). — Je n'aime pas
l'expression « le chef se relâche », mais j'approuve
le blâme.

Le général Z... — Messieurs, l'ordre du jour
de la séance d'aujourd'hui a pour objet un point
très délicat. Il s'agit de savoir si les femmes des
membres du Cercle seront, oui ou non, admises à
nos concerts du mardi. M. B... a demandé la
parole pour soutenir le projet. Tout membre troublant l'orateur aura quatre jours d'arrêt, pardon,
sera rappelé à l'ordre.

B... (vieux garçon). — Messieurs, vous connaissez nos concerts du mardi. Vous vous rappelez
ces quatuors ennuyeux joués au milieu d'un nuage
de fumée par quatre *exécuteurs* huchés sur un
petit échafaud, tandis que nous, les *exécutés,* nous

bâillons et somnolons à qui mieux mieux, couchés sur les divans. Ces petites fêtes de famille sont mortelles.

Un mari grincheux. — Allez aux Folies-Bergère!

B... — J'y vais quelquefois, et je vous assure que Jocko m'a joliment plus amusé que... mais là n'est pas la question. Que manque-t-il pour que ces petites fêtes deviennent charmantes? Il y manque la femme. Quand la femme est quelque part, sa présence éclaire tout ce qui l'entoure. Sans femme, il n'y a pas de bonne soirée possible. *(Applaudissements prolongés.)* Mais rassurez-vous, messieurs. Loin de nous la pensée d'ouvrir nos portes à des femmes pouvant par leur passé, leurs habitudes et leurs attaches, donner prise à la critique.

X..., à part. — Ce ne serait pas une mauvaise idée. Au moins on les connaîtrait.

B... — Non, ce que nous voulons ici, c'est avoir nos femmes... légitimes...

Les maris. — Mais vous n'en avez pas!

B... — C'est précisément pour cela. Qu'est-ce qu'un cercle? Une association où chacun apporte son argent, son talent, son esprit, ses lumières, dans l'intérêt général. Eh bien! nous, le clan des garçons, nous n'avons pas de femmes. Vous, le clan des maris, vous en avez. Pour-

7.

quoi ne nous les amenez-vous pas? *(Rumeurs à droite.)* Je viens donc demander de voter la loi suivante :

Article premier. — Il y aura, chaque mardi, vingt invitations envoyées à vingt femmes de membres du Cercle.

Vifs applaudissements à gauche. L'orateur est vivement félicité par tous les garçons.

Le général Z... — Il est de fait que quelques femmes charmantes dans un concert... La parole est à M. de C... contre le projet.

C... (à droite. Mari.) — Messieurs, nous sommes sur un pente fatale. Le sage législateur, en interdisant aux femmes l'entrée des cercles, savait ce qu'il faisait. Il savait ce qu'il faisait, le sage législateur...

Le général Z... — N'imitez pas Dupuis, ce serait trop long.

C... — Pardon. C'était sans m'en douter. Il est évident que le Cercle doit être pour le mari un asile sûr et tutélaire où il puisse venir justement oublier les ennuis du ménage. Or, si vous nous servez ici nos femmes, le Cercle n'a plus de raison d'être. Cela renverse le mur de notre vie privée, cela nous replonge dans le pot-au-feu. Il faut non seulement amener, mais ramener. Songez-y, messieurs ; il faudra reconduire, il faudra rentrer ensemble ! Que devient la liberté du membre du

Cercle, je vous le demande ? La voilà bien, cette
liberté... la voilà bien ! La voilà...

Le général Z... — Pas d'imitations, de grâce !

C... — Nous ne serons plus chez nous, nous
ne pourrons plus fumer, causer, nous étendre sur
nos fauteuils. Il faudra nous tenir debout dans
les portes et faire les jolis cœurs avec nos femmes,
ce dont nous avons complètement perdu l'habitude. Je propose donc de repousser avec énergie
la motion perturbatrice de l'honorable préopinant.

Le général Z... — Il est de fait qu'un bon cigare après dîner dans un bon fauteuil... La parole
est maintenant à un orateur pour le projet.

P... (garçon.) — Je demande la parole.

Le général. — Allez, nous ne demandons qu'à
être éclairés.

P... — Messieurs, je serai franc. Bas les masques ! Toutes les raisons qu'on vous a données
ici sont de fausses raisons. La vérité, c'est que la
droite a peur.

Les maris. — Nous avons peur ! peur ! Retirez
le mot. *(Tumulte.)*

Le général, sonnant. — Du silence dans les
rangs. Peur de qui, peur de quoi ? Expliquez-
vous.

P... — La droite craint pour ses femmes la
supériorité intellectuelle, plastique et morale de

la gauche. Oui, messieurs les maris, vous crai-
gnez les comparaisons. Vous redoutez avec
quelque raison d'amener ici vos femmes que
vous laissez s'ennuyer à la maison, et qui trou-
veraient ici des garçons gais, intelligents, spiri-
tuels qui auraient pour elles les égards que
vous n'avez pas. Tant pis pour vous, messieurs
les Sabins, si vous ne savez pas défendre vos
Sabines. Les Romains viendront, et il y aura
dans notre salle des concerts, au son des sona-
tes de Beethoven, une razzia générale. (Applaudissements frénétiques à gauche.)

Le général, qui se laisse gagner. — Une razzia !
La Smalah de Vernet. Je vois cela d'ici.

F... (droite.) — Monsieur le président, n'ex-
citez pas ce débat par vos souvenirs africains.
Je demande la parole.

Le général. — Je ne donne à personne le
droit de suspecter mon impartialité. Je ne demande qu'à m'éclairer. Je vous donne la parole
contre le projet.

F... — A notre tour nous serons francs et
nous dirons à ces Romains de la décadence
(Oh! oh!), à ces Romains chauves et dégénérés,
que nous voyons clair dans leur jeu. Les Sabins
sauront garder leurs femmes à la maison, il n'y
aura pas d'enlèvements, pas de séductions, pas
de ces razzias qui ravissent notre brave général.

Nous les garderons, en égoïstes, pour nous, chez nous, et les vieux garçons continueront à venir regretter ici leur maison vide, leur foyer désert et leur cœur desséché ! (Bravo ! Bravo !)

Le général Z..., se levant. — Messieurs, nous allons voter pas assis et levé. Que ceux qui sont d'avis qu'il y ait chaque fois vingt invitations de femmes aux mardis du Cercle se lèvent. Le nombre des votants est de 29. Majorité absolue 15.

Quatorze garçons se lèvent comme un seul homme.

Le général, comptant. — Quatorze..... et moi, quinze. Romains, l'article premier est proclamé. Les dames seront admises.

Le vicomte S... — Ah ! général ! je demande la contre-épreuve.

Le général. — Toujours la contre-épreuve, il n'y a jamais que vous. Enfin !

Les quinze Romains se lèvent à nouveau ; l'article premier est définitivement adopté ; les Sabins sont atterrés.

B... (Romain.) — Devant ce premier succès, je trouve ma tâche très facile. Je vais vous proposer l'article 2 : Les femmes seront en robe de bal et décolletées.

Un autre Romain. — Excessivement décolletées.

Un Sabin. — Cet article est inconvenant.

Le général Z..., attendri. — Je ne trouve pas. La parole est à mon ami B..., pour soutenir l'article 2.

B... — Messieurs, on a souvent reproché aux cercles d'être pour les hommes une école de laisser-aller et de manque de tenue. Nous qui n'avons jamais revendiqué l'honneur d'être baptisés du nom de *Baveux abrutis*, mais qui, au contraire, avons toujours désiré un cercle de gentlemen, je crois que nous ferions bien de nous astreindre à venir à nos mardis en habit et en cravate blanche.

Un Sabin, désolé. — Comment, il faudra que je m'habille !

Un Romain. — Gardez donc votre robe de chambre.

Un autre Romain. — Votre gâteuse !

Tumulte. Le général Z... sonne à tout rompre.

B..., continuant. — Il est dès lors indiqué que ces fêtes seront des fêtes comme il faut où les femmes de nos chers collègues viendront décolletées.

Un Romain incorrigible. — Très décolletées.

Le général Z... — Certainement cela égayerait beaucoup le coup d'œil. Quelqu'un demande-t-il la parole contre le décolletage?

Un Sabin, exaspéré. — Moi, monsieur le président. Évidemment, l'honorable préopinant n'a

as réflechi à la gravité de sa demande. Vous
oyez-vous, messieurs, obligés, après dîner, de
entrer chez vous, de vous habiller, d'endosser
habit noir, et tous ces frais pour qui, pour vingt
emmes honnêtes, qui ne tiennent nullement à
ous voir déguisés en notaires !

Un Romain. — Alors, quand vous êtes en habit
ous avez l'air d'un notaire ? Nous en prenons
cte.

Le Général. — Vous sortez de la question. Il
'agit du décolletage et non de l'habit noir.

Le Sabin. — L'un entraîne l'autre.

Un Romain. — Et c'est justement ce qui vous
hoque. L'habit vous est indifférent, car vous
'endossez presque tous les soirs. Dites la vérité.
/ous ne voulez pas nous montrer les épaules de
os femmes. Eh bien ! prenez-y garde, nous som-
nes le nombre, un mot de plus et nous exigeons
n décolletage qui dépassera tout ce que vous
ouvez imaginer ! (Acclamations à gauche. Exclama-
ions à droite.)

Le général. — Diable ! Diable ! Je trouve que
a gauche va un peu loin dans ses prétentions.
Messieurs, je mets aux voix l'article 2 : Les
emmes viendront à ces mardis en robes de bal
t décolletées. Nous voterons par assis et levé.

Les quatorze Romains, plus quatre Sabins dont les
emmes ont des salières, se lèvent.

Le général. — Messieurs, vous le voyez, la majorité s'accentue.

Nombre des votants. . . .	30
Majorité absolue.	15
Pour le décolletage	21
Contre	9

L'article 2 est adopté.

Le vicomte S... — Je demande la contre-épreuve !

Tous. — Non, non..., la clôture !

Le général. — Vous m'ennuyez avec votre contre-épreuve. D'ailleurs l'heure du dîner s'avance. La séance est levée.

Les membres se séparent au milieu d'un grand vacarme. On entend :

— Ah ! ces pauvres Sabins ! Quelle veste ! A mardi, messieurs les Sabins. C'est la guerre ! Tant pis pour vous.

Les Romains sortent triomphants.

9 heures du soir.

Les Sabins. — *Séance de nuit.*

Le président du groupe sabin. — Messieurs, rien n'est perdu. Tout peut encore se sauver si nous restons bien unis. J'ai cru devoir vous réunir ce soir, parce que la situation est grave. Il s'agit de l'honneur du foyer. Ne nous dissimulons pas le danger. Entre nous, tous ces gaillards-là sont beaucoup plus alertes et entreprenants que nous, et d'ailleurs la prise de Kars prouve une fois de plus la supériorité de l'attaque sur la défense. Il ne faut donc pas qu'ils voient nos femmes.

Un Sabin. — Oui, mais comment ?

Le président. — Il y aura vingt cartes envoyées pour mardi. Eh bien, faisons-nous inscrire pour ces vingt premières invitations et jurons, par tout ce que nous avons de plus cher au monde, d'empêcher individuellement nos vingt femmes de venir. Alors, on croira que l'expérience n'a pas réussi, que la mode ne prend pas. Le projet tombera de lui-même, nous sauverons nos têtes (Bravo !) et nous nous retrouverons dans notre chère petite salle heureux comme autrefois, libres de rire, de fumer et de nous raconter des histoires de femme. (Applaudissements prolongés.)

L'idée est adoptée à l'unanimité.

Le président. — Les moyens pour empêcher nos femmes de venir sont multiples. Une loge pour aller voir Maurel ou Van Zandt, un dîner de famille ; on peut leur donner la migraine par une scène ; à la rigueur on peut les enfermer à clef. Jurez-vous d'aller au besoin jusqu'au bout ?

Les Sabins. — Nous le jurons !

Tableau imposant. Quelque chose du serment du Jeu de paume.

—

Le mardi suivant.

Un quatuor, hérissé de difficultés, écouté par tous les Romains, frisés, pomponnés, attendant avec impatience l'entrée des Sabines. Les Sabins ont l'air goguenard. Pas une femme ne fait son apparition. A dix heures, cependant, un bruit de soie se fait entendre et madame la douairière de Precy-Bussac fait son entrée, et... c'est tout.

On ne l'enlève pas.

LE SAISISSEMENT

I

Évidemment, au point de vue de la morale stricte, le lieutenant de dragons Larmejane avait bien tort de vouloir détourner de ses devoirs la belle madame Destignac, femme on ne peut plus légitime du capitaine Destignac, mais hâtons-nous de dire qu'il y avait des circonstances atténuantes.

D'abord il ne trompait pas la confiance d'un camarade, car Destignac était artilleur et professait, en sa qualité d'*arme spéciale*, un mépris relatif pour le jeune *citrouillard*. De plus, les

deux officiers étaient assez mal ensemble. Il y
avait eu des malentendus, des questions d'étiquette,
et surtout quatre jours d'arrêt que Larmejane
n'avait pu pardonner.

Le lieutenant demeurait en effet à Châlons, rue...
peu importe la rue, au rez-de-chaussée d'une maison dont le capitaine occupait le premier; la chambre de Larmejane était située juste au-dessous de
celle du ménage et les plafonds étaient si minces,
les cloisons si sonores, que la cavalerie pouvait
facilement entendre tout ce qui se disait ou se
faisait chez l'artillerie, et réciproquement.

Or, à l'automne dernier, Lucie Regnier était venue passer quelques jours avec Larmejane, qui,
dans ses souvenirs, répondait au nom de Grosminet.
En fouillant dans son passé, ce nom de Grosminet lui était revenu à l'esprit et immédiatement
elle avait revu par la pensée un grand dragon
brun, vigoureux, bon enfant qui lui avait pro-
curé jadis des moments très agréables. Bref, renseignements pris, elle était tombée un beau soir
rue... peu importe la rue, tandis que Larmejane
était de semaine, et je n'ai pas besoin de vous
dire si elle avait été accueillie à bras ouverts. On
avait soupé, ri, chanté, débouché du vin de
Champagne, et l'on s'était raconté une foule de
choses intéressantes jusqu'aux heures les plus
avancées de la nuit.

Malheureusement Lucie aimait, le matin, à prendre l'air; elle s'était montrée à la fenêtre avec ses cheveux ébouriffés et un peignoir de crêpe de Chine de nuance extravagante. Dans la journée elle s'était promenée avec un grand diable de gainsborough en peluche grenat orné d'une plume rouge qui eût exaspéré les nerfs d'un taureau grincheux. Larmejane avait osé sortir avec elle en tilbury et la population s'était amassée devant la porte tandis que le jeune couple montait en voiture; les bas de soie bleue de Lucie, brodés de papillons roses, avaient causé dans tout le quartier une émotion profonde. Au bout de deux jours, le capitaine Destignac avait crié au scandale et tant clabaudé que le colonel Tournecourt avait infligé quatre jours d'arrêt au lieutenant en l'invitant à cesser de s'afficher avec mademoiselle Lucie.

Celle-ci repartit pour Paris, comprenant la situation délicate du lieutenant Grosminet.

— Ah! c'est ainsi, s'écria Larmejane, eh bien, puisque tu m'empêches d'avoir une maîtresse, je te prendrai ta femme, et ce sera de bonne guerre.

Et de fait, madame Destignac était une brune fort agréable. Grande, svelte, des yeux bruns qui semblaient noirs tant les cils étaient longs, et au coin des lèvres un duvet imperceptible qui en ombrant les coins de la bouche semblaient la faire sourire. Le capitaine d'une jalousie terrible, à ce que

prétendait la chronique, aimait beaucoup sa
femme, mais lui reprochait de ne pas lui avoir
donné encore, après deux ans de mariage, un
petit Destignac ; de là certains mouvements d'humeur et certaines scènes dont le bruit n'avait pas
été sans parvenir jusqu'au voisin du rez-de-
chaussée.

Grâce à quelques petits verres, Larmejane
s'était lié avec le maréchal des logis chef, qui
avait le droit de venir à toute heure de jour et
de nuit chez le capitaine. Il avait appris que ce
dernier, étant encore couché, recevait le sous-
officier dans la chambre nuptiale se contentant de
dire : « Retourne-toi, Caroline », et poussait le
manque de formes jusqu'à se servir de *celles* de madame comme d'un pupitre pour signer le rapport.
Un homme qui avait aussi peu de souci des pudeurs
et des délicatesses de la femme, devait être forcément un mari très désagréable. Il y avait donc
un espoir.

D'ailleurs, depuis l'histoire de Lucie, madame
Destignac, soit par curiosité, soit pour toute
autre cause, avait paru regarder le jeune lieutenant avec une certaine complaisance. Ce dernier
commença à établir un siège en règle. Tous les
matins, Destignac partait pour le quartier d'artillerie où il était chargé du dressage des jeunes
chevaux et des poulinières. Comme le quartier

était de l'autre côté de la gare et en dehors de la ville, il ne rentrait pas avant dix heures et demie.

Larmejane, en partant déjeuner au mess, ne manquait jamais de lever les yeux vers la fenêtre du premier où souvent madame Destignac attendait son mari. Il commença par risquer un salut auquel on répondit froidement d'abord, puis plus aimablement ensuite. Insensiblement cela devint comme une habitude attendue de part et d'autre. Dans la journée également le capitaine retournait au pansage et madame Destignac allait se promener toute seule sur la route. Le lieutenant s'arrangea pour rencontrer sa voisine une ou deux fois sous la porte cochère, et échangea quelques politesses banales. La glace était rompue.

Un beau matin, en ouvrant sa fenêtre, Larmejane, par un hasard providentiel, trouva sur son balcon un petit fichu bleu qui était certainement tombé du premier. C'était une excellente occasion d'entrer dans la place, et comme le capitaine venait de partir, Larmejane s'empressa de monter au premier et sonna bravement.

La femme de chambre étant venue lui ouvrir, il dit qu'il avait à parler à madame et fut introduit dans le salon.

Quelques minutes après, madame Destignac, très

rouge, mais essayant de masquer son trouble
sous un sourire contraint, faisait son entrée et
demandait au jeune lieutenant ce qui lui procu-
rait l'*honneur* de sa visite.

— Mon Dieu, madame..., j'ai trouvé sur ma
fenêtre cet objet qui vous appartient sans doute,
et je me suis permis de vous le rapporter moi-
même.

— Ah ! mon fichu. Ce n'était pas la peine de
vous déranger.

— Me déranger ! Et si je vous disais que j'ai
saisi avec transport cette occasion de franchir
votre seuil, si je vous disais...

— Pardon, monsieur, mais il y avait une façon bien simple, c'était de vous faire présenter
par mon mari.

— Lui ! mais vous savez bien qu'il me déteste.

Il y eut un silence, chacun restant debout l'un
devant l'autre et très embarrassés. Enfin, Làrme-
jane reprit :

— Si vous saviez comme je vis ici seul, isolé,
sans affection, sans tendresse.

— Et la demoiselle aux cheveux jaunes ?...

— Pourquoi me rappeler ce souvenir ? Est-ce
que ces femmes-là peuvent nous comprendre,
nous aimer, nous consoler ? Je vous en prie,
soyez bonne, permettez-moi de revenir vous voir.

— Oh ! ici, c'est impossible, c'est bien trop

dangereux ; mais... je sors quelquefois, et je ne puis vous empêcher de vous promener sur la grand'route. Maintenant rentrez chez vous.

— Quand vous reverrai-je ?

— Demain, s'il fait beau, j'irai peut-être du côté de Saint-Hilaire.

— Merci, merci !

Larmejane baisa respectueusement une main potelée qu'on ne retira pas trop vite, et partit faisant des rêves couleur de rose.

8

Le lendemain, ainsi qu'il avait été convenu, on se rencontra *par hasard* sur la route. Il faisait un temps magnifique. Ils se mirent à marcher côte à côte, lui retenant son pas qu'il réglait sur le sien.

— Si vous saviez, disait Larmejane, comme il y a longtemps que je désirais l'heure d'aujourd'hui ! souvent je vous écrivais des lettres que je déchirais ensuite. J'attendais, j'attendais toujours, remettant au lendemain, comptant sur le hasard... et un peu sur le dieu des amoureux.

— Chut! ne parlez pas comme cela ou je m'en vais. Je risque beaucoup ; en province on est si médisant, et si jamais quelque propos revenait aux oreilles de mon mari, il me tuerait sur un simple soupçon.

— Avouez qu'il vous rend très malheureuse.

— Non. C'est un homme emporté, sans doute, et qui n'a jamais compris la délicatesse de ma nature, mais qui m'aime beaucoup... à sa façon. Je crois qu'il eût fait un excellent père... C'est là son grand chagrin...

— Voulez-vous prendre mon bras !

Il faisait très chaud, elle était un peu lasse, et, après avoir un peu résisté pour la forme, elle accepta. Larmejane, en sentant ce bras appuyé sur le sien, était envahi par toutes sortes d'émotions charmantes. Il ne quittait pas sa compagne des yeux et détaillait avec des joies d'artiste ce profil fin et délicat, ces cheveux noirs à bandeaux plats avec de jolis mouvements vers les tempes, ces grands cils qui projetaient comme une ombre sur les joues.

— Il me semble, lui dit-il tout à coup, que nous sommes déjà de vieux amis.

— Oh ! je ne donne pas mon amitié si vite. Il faut d'abord que je vous connaisse, que je sache si je puis compter sur vous.

— Eh bien ! mettez-moi à l'épreuve. Si jamais un chagrin, si jamais un danger vous menace, vous n'aurez qu'à faire un signe. Que dis-je, avant même de l'avoir fait, vous serez tout étonnée de me trouver à vos côtés.

Et Larmejane allait, allait, se grisant de ses paroles, étonné de se sentir pour la première fois remué par une émotion vraie. Jamais madame Destignac n'avait entendu un pareil langage; il y avait tant de jeunesse, tant de bonne foi dans toutes ces protestations de dévouement! Quelle différence avec l'affection brutale de Destignac, qui ne voyait dans l'amour que l'accroissement de la famille et que la procréation comme but prosaïque du mariage! Ils marchaient de plus en plus près, se serrant l'un contre l'autre, elle fermant les yeux et écoutant cette voix vibrante qui trouvait, pour la persuader, toutes sortes d'inflexions molles.

Tout à coup, elle tressaillit :

— Il est tard, dit-elle, il faut que je retourne à Châlons avant que mon mari ne revienne du quartier. Laissez-moi rentrer seule.

Puis, s'arrachant comme à un rêve :

— Allons, adieu! adieu!

Il saisit ses deux mains, qu'il couvrit de baisers fous, et elle reprit rapidement la direction de la ville.

Larmejane s'arrêta un instant, la regardant s'éloigner, et repassant dans sa mémoire tous les incidents de cette bonne promenade. Puis il revint lentement, de manière à ne franchir que bien après elle les portes de l'octroi. Cependant, était-ce une illusion? il lui sembla qu'au passage les employés souriaient d'un air goguenard.

Arrivé devant l'hôtel de la Haute-Mère-Dieu il aperçut le capitaine Destignac qui sortait du café Bellevue. Il marchait à grands pas, gesticulant dans la rue et murmurant d'un air égaré :

— C'est évident ! cela saute aux yeux !

Larmejane le salua au passage et le capitaine lui rendit à peine son salut, tout en le regardant d'un air farouche.

Quelque racontar avait-il déjà circulé dans la ville ? Avait-on aperçu le jeune couple sur la route ? Les douaniers avaient-ils parlé ?... Pour en avoir le cœur net, Larmejane entra à son tour au café encombré d'officiers, et après avoir serré la main à quelques liéutenants d'artillerie, il dit tout à coup :

— Ah ça, qu'avait donc le capitaine Destignac ? Je viens de le rencontrer. Il a l'air très extraordinaire.

— Ma foi, mon cher, je ne pourrais pas te dire au juste. Il a passé sa journée à s'occuper des jeunes chevaux et des poulinières. Le vétérinaire est venu lui dire quelque chose dans l'oreille, et tout à coup le capitaine est parti en criant : « Je n'y manquerai pas ! »

Satané vétérinaire ! Il était bien capable d'avoir été se promener du côté de Saint-Hilaire... Larmejane dîna sans appétit et rentra chez lui vers les onze heures, très préoccupé.

8.

Bah! se dit-il, je me fais là une foule de terreurs qui ne reposent sur rien. Cela n'a pas le sens commun. Couchons-nous, et ne pensons plus à tout cela.

Et il ferma les yeux, très décidé à s'endormir.

III

Il venait à peine de souffler la bougie, lorsqu'il entendit à l'étage au-dessus un bruit qui le fit tressauter. Il se mit sur son séant et prêta l'oreille. On distinguait comme un grincement de fer lent et cadencé. Les boiseries craquaient, le plancher résonnait et parfois l'on entendait comme une plainte formulée d'abord sur un ton très bas, puis allant en crescendo. Que se passait-il donc là-haut dans la chambre des Destignac? Larmejane était envahi par je ne sais quelle vague appréhension, et il sentait sur son front perler une sueur froide.

Soudain, un coup de pistolet retentit, suivi, immédiatement après, d'un cri déchirant.

Cette fois, il n'y avait plus à hésiter. Évidem-

ment le capitaine Destignac, emporté par la
jalousie, venait d'assassiner sa femme! Peut-être
vivait-elle encore? En tout cas, il fallait voler au
plus vite à son secours.

Il chercha les allumettes, mais sa main tremblait tellement qu'il eut de la peine à rallumer la
bougie.

— Mon Dieu, mon Dieu! disait-il, en s'habil-
lant à la hâte, sans trop savoir ce qu'il faisait,
quel malheur! quelle catastrophe!... Et tout cela
à cause de moi! Elle m'avait bien dit, la malheureuse, qu'au moindre soupçon le capitaine la
tuerait. Et moi qui lui promettais encore tantôt
qu'à l'heure du danger elle me trouverait à ses
côtés!... J'avais toujours trouvé que ce Destignac
avait une figure de criminel. Il faut l'arrêter... Je
vais mettre mon uniforme et aller requérir la
garde. Non, cela perdrait trop de temps. Il vaut
mieux monter moi-même, tout seul, mais armé...
bien armé... avec mon casque! Non, ce serait
ridicule. Je ne sais plus où j'en suis; mais je puis
toujours prendre mon sabre... et mon révolver,
mon révolver bien chargé — six balles; — et si
ce misérable bouge... Pauvre Caroline, si jeune!
Il me semble entendre son râle là-haut.

Et Destignac, dans le plus bizarre accoutre-
ment, en pantoufles, en bras de chemise, avec
son sabre, son ceinturon et son étui de révolver

en sautoir, monta rapidement l'escalier qui menait au premier étage, très décidé à enfoncer la porte ; mais, à sa grande surprise, la clef était restée dans la serrure.

— Le meutrier était si troublé, pensa-t-il, qu'il n'a même pas songé à s'entourer des précautions les plus élémentaires.

Il écouta à la porte et il lui sembla qu'il entendait comme des rires étouffés. Le capitaine avait dû devenir fou.

Il entra brusquement et dans la chambre, éclairée par la lueur vacillante d'une veilleuse, il aperçut vaguement un lit dont les rideaux étaient fermés. Une odeur de poudre s'élevait dans la chambre et, sur la chaise, on voyait un pistolet encore fumant. Il n'y avait plus de doute possible. Larmejane, en franchissant le seuil, cogna son fourreau d'acier contre la porte et, à ce bruit, la voix de Destignac se fit entendre derrière les rideaux :

— Tiens, c'est le maréchal des logis chef. Retourne-toi, Caroline.

Mais, à la stupéfaction profonde de Larmejane, la voix de Caroline répondit nonchalamment :

— Comment ! le chef à cette heure-ci ! Dieu ! que c'est ennuyeux ! Bonsoir, petit homme.

Et il y eut un bruit de baisers.

Ne comprenant plus du tout ce qui se passait,

mais certain du moins que Caroline n'était pas assassinée, Larmejane s'enfuit précipitamment et rentra chez lui en se demandant s'il était fou.

Le lendemain, dès l'aube, il se précipitait chez le vétérinaire pour savoir au moins si ce dernier avait parlé de la promenade à Saint-Hilaire, et surtout pour connaître la phrase qui avait produit le brusque départ de Destignac.

— Mon Dieu, lui répondit celui-ci, je crois le capitaine un peu toqué. Il me montrait au quartier ses poulinières et j'étais en train de lui expliquer un excellent moyen d'aider aux fins de la nature: c'était de leur jeter un seau d'eau au moment psychologique, ce qui produisait un saisissement des plus favorables, lorsque tout à coup il s'est enfui comme s'il avait le diable à ses trousses.

— Un saisissement! s'écria Larmejane, un saisissement!...

Et tout à coup il se rappela les scènes de jadis, les demi-confidences de madame, les phrases entrecoupées entendues la veille sur la place... et il craignit de comprendre l'horrible vérité.

Mais il fut bien vite fixé. A dix heures, en effet, le capitaine entra au café des officiers :

— Cet animal de chef, s'écria-t-il, je lui ai fourré huit jours de salle de police pour venir me déranger la nuit sans raison. Cinq minutes plus tôt, et il me faisait manquer mon expérience.

— Quelle expérience? demanda le vétérinaire.

— Ah! mon cher, j'ai perfectionné le saisissement. Je remplace le seau d'eau par un coup de pistolet.

Puis il ajouta, triomphant :

— Vous serez le parrain du petit Destignac.

LA FÊTE DE SAINT GYMÈRE

Le bon abbé Miquel, curé à Carcassonne, n'était qu'à moitié rassuré en se dirigeant d'un pas quelque peu hésitant vers le quartier du 27ᵉ dragons. Il s'était longtemps tâté, redoutant une entrevue avec le colonel Troussequin, mais enfin il le fallait.

D'ailleurs il avait consulté les textes; il avait pioché la veille au soir son saint Augustin, son saint Jérôme, revu les sermons par lesquels Bourdaloue et Massillon savaient attendrir les grands de la terre, et il était prêt à répondre à toutes les objections. Très bizarre, en somme, ce colonel Troussequin; au physique, deux yeux à fleur de

9

tête au-dessus d'un nez dans lequel il aurait pu
pleuvoir, face rougeaude colorée par les exer-
cices au grand air, moustache rare laissant apercevoir un sourire sarcastique, et voix tonitruante.
Très spirituel, mais d'un esprit très paradoxal, il
était adoré du soldat qui l'appelait familièrement
Baptiste. Quant aux officiers, à Carcassonne, où
les distractions étaient rares, ils considéraient le
rapport comme un des bons moments de la journée. Troussequin, tout en lisant les différentes
pièces, et tout en dictant, posait des questions si
étranges, avait des réparties si saugrenues, qu'on
s'amusait comme à une pièce du Palais-Royal.

Le curé songeait à tout cela, et ces réflexions
n'étaient pas sans lui causer quelque inquiétude.

A neuf heures et demie précises, chaque matin,
le colonel s'asseyait au bout d'une grande table
dans le cabinet réservé chez lui au rapport. Cette
longue table, appuyée à la muraille par un de
ses grands côtés, offrait un beau désordre sans le
moindre effet de l'art : des papiers, des lettres, des
journaux, quelques livres, un reste de tasse de
chocolat, souvent un vieux gant d'ordonnance
dépareillé; une fois même on y avait vu une
bottine !

L'adjudant se plaçait à l'autre bout de la table,
la plume en main ; à la gauche du colonel Troussequin, le lieutenant-colonel, puis le chef d'esca-

dron de semaine, le gros major, et enfin l'adju-
dant-major; tous ces officiers assis. Le rapport
était déjà commencé lorsque le planton, ouvrant
la porte, annonça que le curé Miquel désirait
parler au colonel.

— Entrez donc, monsieur le curé, entrez donc,
cria Troussequin de sa voix la plus engageante.

Le curé approcha et resta un moment décontenancé devant cet aréopage militaire.

— Asseyez-vous et dites-nous ce qu'il y a pour
votre service?

L'abbé Miquel ne s'attendait pas à trouver autant d'officiers réunis, il eût certainement préféré
revenir à une autre heure.

— Mon Dieu, commença-t-il, monsieur le colonel, je voudrais...

— Asseyez-vous d'abord; nous ne vous écou-
tons pas que vous ne vous soyez assis.

Il n'y avait plus à reculer. Le curé s'installa
à côté du gros major, toussa, puis se rappela un
exorde excellent de Massillon au maréchal Catinat,
et qui pouvait très bien lui servir. Il commença
bravement :

— La voie des armes, monsieur le colonel, est
à la vérité brillante aux yeux des sens, mais en
matière de salut, de toutes les voies, c'est la plus
terrible; cependant l'Église consacre par des prières
de paix et de charité le culte dû au Dieu des ar-

mées, qui préside aux victoires et aux batailles.
Bref, ne mettons pas, comme nous exhorte le
Prophète, notre confiance et notre sûreté dans
notre arc ni dans notre glaive.

— Monsieur le curé, mes hommes n'ont pas
d'arc, mais un excellent fusil Gras. Où voulez-
vous en venir ?

— Certes, le bras de Dieu n'est pas raccourci ;
le salut n'est nulle part impossible, et comme le
dit saint Augustin, il est bon que dans sa jeunesse
l'homme s'habitue à porter le joug : *Bonum est
viro, cum portaverit jugum ab adolescentiâ.*

— Loin de moi la pensée de trouver raccourci
le bras de Dieu, mais parlez français, de grâce.

Le terrain avait l'air bien préparé ; le curé crut
cependant nécessaire d'ajouter quelques arguments
tirés de l'antiquité.

— De tout temps, continua-t-il, il y a eu une
religion militaire. Les Romains mettaient leurs
aigles et leurs dieux à la tête de leurs légions ;
les Israélites, dans leurs combats, se faisaient
précéder du serpent d'airain...

— Cela devait être bien gênant dans les étapes,
mais arrivez au fait.

— Monsieur le colonel, mes paroissiens se
contentent de plaisirs innocents qui laissent une
joie pure dans l'âme. Les saintes familiarités et
les jeux chastes et pudiques d'Isaac et de Rebecca

dans la cour du roi de Gerare suffisaient à ces âmes fidèles; c'était un plaisir assez vif pour David de chanter sur la lyre les louanges du Seigneur ou de danser autour de l'arche après avoir tué la grasse brebis.

— Sacrebleu, monsieur le curé, je vous ferai observer que le temps presse !

L'abbé avait prévu ce mouvement d'humeur, aussi répondit-il immédiatement :

— Saint Bernard a dit que l'affabilité était la plus sûre marque de la grandeur. C'est comme une espèce de valeur et de courage pacifique; c'est être faible et timide que d'être inaccessible et fier.

— Monsieur l'abbé, je ne demande pas mieux que d'avoir la marque de la vraie grandeur, mais le moment du déjeuner approche, et comme Isaac, Rebecca et Gerare sont absolument inconnus à l'escadron, je ne vous donne plus que cinq minutes pour me dire en deux mots le but de votre visite.

Évidemment le colonel Troussequin avait parfaitement compris la signification du préambule, et l'abbé Miquel crut pouvoir aborder carrément la question. Allait-il enfin recueillir le fruit de toutes ses peines ! Le moment était grave...

— Monsieur le colonel, dit-il, c'est dimanche prochain la fête du saint de ma paroisse, et pour ajouter à l'éclat de la cérémonie, j'ose venir vous demander si vous voudriez être assez bon pour me prêter le concours de votre excellente musique.

— Enfin, voilà au moins qui est clair. Seulement je vous ferai observer que si tous les curés du pays viennent me demander ma musique pour de semblables motifs, elle n'y pourra jamais suffire. Et d'abord comment s'appelle-t-il donc, votre saint ?

— Monsieur le colonel, il s'appelle saint Gymère.

Troussequin fronça le sourcil.

— Saint Gymère ! s'écria-t-il, saint Gymère !... Connais pas du tout. Je connais bien saint Pierre, saint Paul, saint Jacques, mais saint Gymère..., qui diable a jamais entendu parler de lui ?

— C'était la lampe qui luit dans les lieux ténébreux...

— Enfin, qu'est-ce qu'il a fait, votre saint ?

— Ce qu'il a fait ?

— Oui, quels sont ses états de service ?

— Monsieur le colonel, saint Gymère est un enfant de Carcassonne...

— Hum !...

— ... Il a été diacre en cette ville, prêtre, évêque, et il est mort en laissant des fondations pieuses à cette cité qu'il n'a jamais quittée.

A ces mots le colonel bondit :

— Il n'a jamais quitté Carcassonne !... Oh
bien, alors c'est un fameux rossard. Pas de musique !

— Oh ! monsieur le colonel...

— Pas de musique ! pas de musique !

Et tandis que le pauvre curé s'en allait absolument foudroyé par cette terrible réponse, on entendait la voix vibrante du colonel Troussequin
lançant encore dans l'escalier cet arrêt irrévo-
cable :

— Pas de musique ! pas de musique !

AMOUR ET CUISINE

Aux Champs-Élysées. Nombreuses petites tables dressées près d'une fontaine qui chante doucement sa chanson monotone. Brouhaha de conversations, bruit d'assiettes, bouteilles débouchées. Dans le fond, sur une estrade, nous dirions presque sur un trône, miss Betsy, jeune et jolie caissière, écrit fiévreusement sur un grand livre les menus que lui jettent au passage les garçons. Elle entremêle cette besogne aride de réflexions inscrites en marge. Le registre nous est tombé sous la main. Nous transcrivons fidèlement :

9.

DINER DU 17 JUILLET

Table I. — Garçon Auguste.

Potage de santé ;
Eperlans frits ;
Jambon aux épinards ;
Coupe Jacques ;
Fromage à la crème ;
Bordeaux.

— Pour qui ce menu vertueux ? Ah ! c'est
pour le blond de là-bas. Brave jeune homme !
c'est très bien, cela ! ce menu est une bonne
action. Sa petite femme est partie depuis huit
jours, il veut être fidèle et il lutte à coups d'épinards et de potage *de santé*, au risque de démo-
lir la sienne. C'est égal, j'ai bien peur que cela
ne puisse pas durer. Hier au soir il a regardé
madame Lucie Regnier d'un air...! puis il a
demandé à Antoine de l'eau-de-vie Martel. Il
est vrai qu'il n'en a pas pris et que j'ai eu à
biffer, mais combien de temps bifferai-je ?

Table II. — Garçon Alfred.

Potage royal ;
Filets de sole Mornay ;
Perdreau rôti. — Salade ;
Aubergines ;
Parfait ;
Pêches, raisin ;
Grand-Pougeot.

— Ah ! ah ! les deux amoureux de la semaine
dernière. Ils ont fait connaissance ici. Ils se par-
lent déjà beaucoup moins près, et je crois que
l'amour baisse. Les menus se soutiennent, mais
les vins ont joliment diminué. Je connais cela.
Aux premiers dîners du Pontet-Canet et du
Léoville, puis du Saint-Julien, puis du Saint-
Estèphe, puis du Grand-Pougeot ; la semaine prochaine il lui offrira du Médoc, puis du Bordeaux ordinaire corrigé avec de l'eau de Seltz.
Et encore offrira-t-il de l'eau de Seltz ?...

Table III. — Garçon Victor.

Potage — O ;
Concombres ;
Une caille ;
1/2 Roederer. — Carafe ;
Pêche ;
12 verres de Kummel.

— O ioï, ioï, ioï ! mon pauvre vieux ! ça ne va
donc plus l'estomac ? Je parie que les concombres passeront, mais pas la caille ! La digestion
sera peut-être facilitée par les douze verres de
Kummel, mais c'est égal, vous n'irez pas loin
avec ce régime-là.

———

Table IV. — Garçon Ernest.

Potage bisque ;
Écrevisses à l'Américaine ;
Cailles en caisse ;
Salade céleri ;
Artichauds poivrade ;
1 Corton 63 ; 1 Pommard 57 ;
8 verres vanille.

— Ah ça, mais il veulent donc mettre le feu
à leurs chaises! Quel menu volcanique! Parbleu,
c'est le général Bourgachard avec madame Blanche
Taupier. 8 verres de vanille! Ah! mon pauvre
général, c'est comme si vous aviez crié: A moi
ma vieille garde! Vous voulez donc faire donner
toutes les réserves! eh bien, malgré tout cela, je
crois que madame Blanche peut être tranquille. Il
y aura peut-être un simulacre de combat, une dé-
monstration offensive, mais je parie ensuite pour
une retraite.

Un verre de vanille de plus! bon! alors ce sera
une déroute!

—

Table V. — Garçon Auguste.

Soupe à l'oignon;
Bœuf nature;
Veau bourgeoise;
Haricot de mouton;
Salade;
Bordeaux ordinaire. 1 Livarot.

— Qu'est-ce que c'est que ce menu? Bœuf,
veau, mouton! Ah! c'est cette grande fille qui
arrive de Picardie. Quelle toilette et quel

appétit ! Elle a demandé un litre, et Auguste a
failli s'évanouir. C'est égal, la carnation est
superbe, et quand elle sera un peu débourrée...
M. Tosté, qui est connaisseur, l'a lorgnée. Un
malin ! Il l'avait devinée. Mais quand il a vu défiler
ce bœuf, ce veau et ce mouton, il a reculé devant
ce dîner monstre. Je comprends cela. Il a même
dit : « Ce n'est pas un dîner, c'est un comice agri-
cole. » Toujours drôle, M. Tosté.

—

Table VI. — Garçon Alfred.

Menu : Ce que l'on voudra.

— C'est ce qu'il répond tous les soirs au maître
d'hôtel. Ça lui est bien égal, ce qu'il mange. Il
ne vient ici que pour moi. Il avale du bout des
lèvres sans regarder et ne me perd pas des yeux.
Pauvre garçon ! Il est gentil. Je lui ai pourtant
dit : Vous n'avez rien à espérer, mon mari est
trop jaloux, il me tuerait. Je lui ai répété cela
cent fois, avec mon air très sérieux, sans même
sourire, ma parole d'honneur ! Puis, quand il est
à sa place, je ne puis m'empêcher de lui faire
une petite risette pour lui donner du cœur. Les
soirs où il est désespéré, il avale deux bouteilles

de Montebello, carte blanche. Alors M. Albert, le patron, m'a dit : « Désespérez-le, miss Betsy, désespérez-le bien ! C'est excellent pour une maison, les clients qui veulent oublier. »

Mais je ne veux pas qu'il oublie, moi !

Je viens de lui faire dire que je lui commandais son menu moi-même. Il a paru ravi.

Décidément il faut *bien peu* de chose.

—

Table VII. — Garçon Ernest.

Croûte au pot ;
Éperlans frits ;
Rosbif ;
1/2 Mâcon ; 1 fine.

— Attention ! C'est la table du vieux grigou ! En voilà un qui ne se ruinera pas !

Les garçons ont ordre de le surveiller, parce qu'après avoir demandé l'addition, et avoir annoncé un petit verre de fine champagne, il s'en verse deux ou trois autres. Moi ça m'est égal, je lui compte les éperlans trois francs de plus et tout est dit.

—

Table VIII. — Garçon Victor.

Potage purée de gibier ;
Homard à la Royale ;
Timbale Rossini, sorbet ;
Perdreau rôti, salade ;
Rocher glacé ;
Corbeille de fruits ;
Château-Margaux 58, tisane. Carafe.

— Comment ! c'est l'écuyère qui s'offre ce menu ? Avec qui donc est-elle ? On dirait une femme du monde un peu mûre. Est-ce que par hasard ces dames compteraient pour payer leur addition sur le vieux grigou ? Ce serait trop drôle ! Non, c'est la femme mûre qui paye. Tout s'explique. Victor vient de l'entendre dire à l'écuyère : « Aïda, si vous regardez encore une fois cette femme, je vous saute à la figure, et vous entre mes ongles dans la chair ! »

Moi, voilà des choses que je ne comprends pas ! ! !

Table IX.	*Table X.*
Garçon Alfred.	*Garçon Ernest.*

Potage croûte au pot;   Potage St-Germain;
Saumon sauce verte;   Turbot hollandaise;
                Fritot de volaille ;
                Cailles rôties ;
                Petits pois ;
                Croûte aux fruits ;
                Tisane. Carafe.

— Cela n'a l'air de rien, ce que j'écris là. Eh bien, c'est tout un roman. La table IX a fusionné avec la table X. C'est le fritot de volaille qui a servi de trait d'union. Il est brun, elle est blonde ; il est petit, elle est grande ; elle commande, et lui s'incline. Qui sait ! ils seront peut être très heureux... jusqu'à demain matin.

Elle a donné l'ordre de faire marquer 25 francs de voiture sur l'addition. C'est ce que j'appellerai une faute.

———

Eh bien, si miss Betsy fait relier son registre, avec ses réflexions personnelles sur les dîneurs qui ont défilé devant elle pendant la saison d'été, nous demandons un exemplaire.

Will you, miss Betsy ?

LES PRÉPARATIFS D'UNE FÊTE !

SCÈNE DE LA VIE DE CERCLE

Au cercle, dans le petit salon : Comfort, Précy-Bussac, Tournecourt, Boisonfort, Tosté, Parabère, Taradel et d'autres membres du cercle. Tous ces messieurs ont le chapeau sur la tête et fument. Taradel est assis devant une table encombrée de papiers ; ses camarades l'entourent formant des groupes gracieux.

Taradel. — Messieurs, vous savez pourquoi je vous ai réunis. Il s'agit de donner une petite fête dans le genre gai ; tous les autres cercles nous ont déjà précédés dans cette voie, et il serait dommage de ne pas suivre un si bon exemple. Nous voulons donc offrir à ces dames un petit bal intime.

Un vieux monsieur. — Les femmes ou sœurs des membres du cercle seront-elles toujours seules admises ?

Taradel.—Pas du tout. Je vous ai dit quelque chose de gai. Nous n'invitons que la fine fleur du théâtre et le dessus du panier de la galanterie. (Le vieux monsieur se retire avec humeur.) Peut-être le comité criera-t-il un peu, mais il n'est que temps de laisser souffler chez nous un vent de jeunesse. (*Bravo ! bravo ! Très bien !*) Nous fixons le montant de la cotisation à cinq louis. Si nous avons seulement quinze mille francs, ce sera très suffisant. Tous les membres ici présents s'inscrivent bien entendu. (*Oui, oui.*) Avez-vous d'autres noms à me donner ?

Boisonfort. — Mezensac viendra, mais il ne veut pas être inscrit à cause de sa femme.

Taradel. — Bon.

Tosté. — Gricourt viendra si l'on invite Alice Fabert.

Taradel. — Elle sera invitée. Ensuite ? Je suis sûr que Rolleuil viendrait bien.

Tournecourt.— Rolleuil ! il est mort la semaine dernière.

Comfort. — Sapristi ! il me devait dix francs à la bouillotte ! (Hilarité.)

Taradel. — En voilà une oraison funèbre ! Mon petit Parabère, prenez donc l'annuaire et notez les souscripteurs par ordre alphabétique. Vous marquerez les gens sûrs d'un astérisque.

Tosté. — Il ne sait pas ce que c'est qu'un astérisque.

Taradel. — Les cartes d'invitation seront en carton rose avec les emblèmes du cercle en tête. Un texte très simple : « Madame X... est priée de bien vouloir assister au bal qui sera donné tel jour, à telle heure. »

Tournecourt. — Moi, j'aurais voulu un peu d'honneur, « d'honorer et d'embellir de sa présence... »

Taradel. — C'est bien rococo.

Précy-Bussac. — Moi, je propose au lieu d'écrire : on dansera — de mettre : on fera la fête.

Tosté. — Pourquoi pas alors : on chahutera, — ou encore : on sera très inconvenant ?

Taradel. — Messieurs, si nous nous lançons sur cette pente, beaucoup d'invitées dont les protecteurs ne font pas partie du cercle, se verront refuser la permission de venir. *On dansera* est beaucoup plus comme il faut. Par exemple, il faut bien insister sur la question d'heure : minuit très précis.

Comfort. — Nous n'aurons personne avant une heure.

Tosté. — Mettons en note qu'une loterie *sérieuse* (rien de la Loterie nationale) sera tirée, et que la distribution des billets cessera après une heure.

Taradel. — C'est une très bonne idée. Consacrons si vous voulez, 2,000 francs à l'achat de quelques petits lots, dont un gros de cinquante louis. Par exemple, un petit lézard en diamant.

Tosté. — Nous le placerons sous un chou, croqué par un gros lapin en carton, et nous dirons : Voilà comment nous plaçons les lapins. *(Bravo!)*

Tournecourt. — Cela donnera une excellente réputation aux membres du cercle.

Un membre. — Ils en ont besoin. (*Assez! à l'ordre !*)

Taradel. — Les billets de loterie seront remis non aux femmes, mais aux hommes, qui les leur donneront de façon à ce que les plus jolies, recevant le plus de billets, aient plus de chance de gagner. Il est bien entendu, d'ailleurs, que tout billet resté entre les mains d'un homme, après une heure du matin, perdrait toute sa valeur.

Parabère. — Libre à ces dames de nous faire tout de même gagner le gros lot.

Taradel. — Ça, ça vous regarde.

Tournecourt. — Moi, je voudrais une petite note disant que les cartes étant rigoureusement personnelles, toute femme qui se permettrait...

Comfort. — C'est bien là le cuirassier! Des menaces tout de suite.

Boisonfort. — On ne peut pas inviter les gens et les menacer des gendarmes.

Taradel. — Nous mettrons simplement que les cartes sont personnelles. A propos de gendarmes, voulez-vous deux gardes municipaux devant la porte? Cela coûte quatre francs par tête.

Tournecourt. — Moyennant six francs, on les a en grande tenue avec la culotte blanche et le plumet.

Précy-Bussac. — Et pour huit francs ils sont décorés. (*Bruit*.)

Taradel. — Messieurs, du sérieux, de grâce!

Comfort. — Sérieusement voilà ce qu'il faut faire. On convoque les gardes une heure à l'avance. On les fait monter et on leur fait boire une bonne bouteille de vin chacun. Alors, devant la porte, on a de la piaffe.

Taradel. — Mais, sapristi, nos invitées n'oseront jamais passer entre vos deux piaffeurs. Je demande au contraire le calme le plus complet, le plus absolu.

Tous. — Oui, oui, pas de piaffe! Il est absurde avec sa piaffe.

Taradel. — Puisqu'il s'agit d'un bal, la distraction principale sera la danse, bien entendu. J'ai déjà prévenu Derteuffel, mais il ne serait pas mal d'avoir en outre quelques *clous*. Pour égayer la soirée, qu'avez-vous à me proposer?

Comfort. — Messieurs, voici ce que je vous offre. Ce sera d'ailleurs peut-être une veste...

Tous. — Ça en sera une! (Comfort se rassoit.)

Taradel. — Eh bien, voyons, parle, Comfort.

Comfort. — Non, non, ce premier succès me suffit.

Tosté. — Encouragé par l'indulgence que vous avez montrée pour la proposition de mon honorable ami, je viens vous proposer une farandole pour mirliton que j'ai composée. En tête de la farandole, un petit tambourin avec un conducteur porteur d'une houlette enrubannée. Tous les danseurs suivront en dansant, et c'est ainsi que l'on se rendra à la salle du souper.

Taradel. — Je trouve l'idée excellente. Est-elle adoptée? (*Oui, oui.*)

Le Général, passant sa tête par la porte. — Ah ça, on conspire ici?

Taradel. — Mon général, voulez-vous donner cent francs?

Le Général. — Pour quoi faire?

Taradel. — Pour une petite fête de femmes.

Le Général. — Allons donc, j'ai abdiqué depuis la guerre.

Taradel. — Alors vous n'avez pas le droit d'assister à la séance. (*Exit* le général.) Il est bon, le général, son abdication remonte bien plus loin que cela. Qu'est-ce qu'on propose outre la farandole?

Précy-Bussac. — Moi j'ai bien un taureau chez moi à la campagne. S'il y avait un Espagnol parmi les membres du cercle, on pourrait faire un petit combat singulier. (Exclamations.)

Taradel. — Si nous commençons à dire des bêtises...

Tosté. — Moi je propose de me faire la tête d'Arban et de conduire l'orchestre pendant un quadrille.

Tous. — Il sera bien mal conduit.

Tosté. — Attendez donc. A la première figure j'enlève mon habit, à la troisième j'enlève mon gilet, à la quatrième....

Tournecourt. — A la quatrième, arrivée de deux sergents de ville qui l'empoignent et l'emmènent hors du bal.

Taradel. — Ça peut être drôle. Mais remarquez, messieurs, qu'il y a toujours du gendarme dans les propositions de Tournecourt.

Parabère. — Moi, j'offre une distribution de bonnets de coton, bonnets à poil, trompettes,

10

tambours, grosses têtes, etc,, etc., de façon à faire une entrée triomphale vers quatre heures du matin, au milieu d'un tintamarre et d'un tremblement général.

Comfort. — Pétards et feu d'artifice dans la cheminée.

Taradel. — C'est ça, minez le cercle tout de suite !

Boisonfort. — On pourra se faire une tête.

Parabère. — Je vous le conseille fort.

Taradel. — Les hommes pourront se faire une tête s'ils le désirent. A propos, il faudrait des commissaires : c'est une mission de confiance, de dévouement, d'abnégation.

Comfort. — Ne nous attendrissez pas, vous n'en trouveriez plus.

Taradel. — Ainsi il faudrait quelqu'un à la porte, chargé de s'assurer que les membres du cercle seuls se présentent, et que les femmes n'arrivent pas avec des cartes prêtées.

Tous. — Tournecourt ! Tournecourt ! C'est l'affaire de Tournecourt !

Tournecourt. — Je veux bien, et, sacrebleu ! je vous promets bien que...

Taradel. — Mais non, mon ami, vous n'y êtes pas du tout. Il faudra, au contraire, être suave, très suave : une main de fer dans un gant de velours. Maintenant je voudrais quelqu'un pour le buffet. Les tables de souper seront de dix ; je demande qu'on ne s'y mette pas quinze ni quatre. A cet effet, voici ce que je vous propose. Chacun de nous recevra, à l'entrée, un menu sur lequel il pourra inscrire son nom. Il ira ensuite placer ce menu devant un des couverts, en laissant vide une place à sa droite pour son invitée.

Boisonfort. — Sera-t-on obligé d'avoir une invitée !

Taradel, sévèrement. — Vous pensez donc souper sans femmes ?

Tous. — A l'ordre, Boisonfort, à l'ordre !

Taradel. — Je lui pardonne pour cette fois, et, pour sa peine, je le nomme commissaire au buffet... A propos, nous organiserons un petit cabinet de toilette à l'usage des dames qui voudraient réparer le désordre de leur toilette. Il y aura des femmes de chambre munies d'épingles, d'aiguilles, de ciseaux, etc.

Précy-Bussac. — Seront-elles jolies ?

Taradel. — On ne les prendra qu'au choix. Bien entendu, nous aurons un jeu de peignes, de brosses, de houppes à poudre de riz, eau chaude, serviettes, etc.

Précy-Bussac. — Je demande à être commissaire dans le cabinet de toilette. (*Moi aussi ! moi aussi !*)

Taradel. — Votre présence, messieurs, serait non seulement inutile, mais même indiscrète.

Précy-Bussac. — Moi, je suis myope, je n'y verrais que du feu.

Comfort. — Une idée! Si les commissaires portaient un masque rouge, cela aurait beaucoup de cachet.

Boisonfort. — Je proteste contre ce masque rouge. Il ne faut pas cacher nos personnalités. C'est M. de Boisonfort qui prend la responsabilité de ses actes, et non un masque auquel on peut dire : Zut!

Comfort. — Je rappellerai que l'honorable préopinant voulait tout à l'heure se faire une tête.

— Ah! ah! répondez Boisonfort.

Boisonfort. — Cela n'a aucun rapport.

Taradel. — Ce qu'il faut surtout, messieurs, c'est ne pas faire sa tête. Veut-on des masques rouges? (*Non ! non !*)

Comfort. — Je n'ai pas de chance pour mes propositions.

Taradel. — Nous arrivons à un point épineux, à la liste des femmes. Que Tosté, qui les connaît toutes, nous propose un choix. Allez, Tosté.

Tosté. — Je vous propose d'abord Marie Fabert. Elle est charmante.

Précy-Bussac. — Si Marie Fabert vient, je ne viens pas.

Tosté. — Bon! voulez-vous Petrola, de la Renaissance?

Comfort. — Elle a l'air d'une cuisinière.

Tosté. — Voulez-vous Caroline Lemercier? Nous avons tous soupé chez elle, dans le temps, c'est une dette de reconnaissance.

Parabère. — Pourquoi pas alors Adèle Langlois, dont nous avons fêté le centenaire la semaine dernière? Toute la garde impériale.

Tosté. — Flûte! alors, faites votre liste vous-mêmes.

(*A l'ordre! à l'ordre!* Tumulte indescriptible.)

Le Maître d'hôtel. — Messieurs, il y a en bas le chasseur du café de la Paix.

Taradel. — Que veut-il?

Le Maître d'hôtel. — Il vient demander deux invitations pour deux dames très bien que ces messieurs seront fort aises de connaître. Le chasseur ajoute qu'il en répond absolument.

Taradel. — Flanquez-moi ce chasseur à la... non, dites-lui que nous réfléchirons.

Parabère. — Pourquoi cette mansuétude pour ce chasseur?

Taradel. — Dame! il nous a déjà rendu à tous bien des petits services. Il pourra peut-être nous en rendre encore. Messieurs, puisque nous ne pouvons pas nous entendre sur une liste collective, que chacun me soumette sa petite liste per-

10.

sonnelle et nous la discuterons à une prochaine séance. Il est bien entendu que chacun aura le droit d'aller porter lui-même ses invitations à domicile pour s'en faire une *petite honnêteté.*

Comfort. — On n'aura pas d'invitations en blanc.

Boisonfort. — Merci ! Dieu sait ce que vous nous amèneriez. Vous rappelez-vous sa petite de la maison de correction ! (On rit.)

Taradel. — Messieurs, messieurs, n'entrons pas dans la vie privée. Dans la prochaine réunion, nous passerons au crible les noms de ces dames, et je crois qu'on en entendra de bonnes.

La séance est levée.

BOTTE ET BOTTINE

ROUTE DU CAMP AU CONCOURS HIPPIQUE

Dans un wagon de chemin de fer, une petite bottine de femme et une grosse botte de cavalerie se rencontrent aux environs d'une boule d'eau chaude.

LA BOTTINE, en chevreau, petits boutons, semelles imperceptibles, haut talon Louis XV, très cambrée avec cou-de-pied élevé.

LA GROSSE BOTTE, en cuir épais, tige d'ordonnance avec deux plis au-dessus du pied, forte semelle, talons carrés et bas, éperons à la chevalière.

I

La grosse botte. — Il faut avancer tout doucement, tout doucement, de manière à me rapprocher
de cette jolie Bottine si jeune, si cambrée, si
élégante, et à l'effleurer... sans le faire exprès.
Si elle est aimable, nous entamerons un bout
de causette; si c'est une Bottine qui a des principes, nous nous excuserons... et nous entamerons
quand même la susdite causette.

(La grosse Botte effleure un peu lourdement la petite
Bottine qui, indignée, remonte sur la boule d'eau chaude.)

II

La grosse botte. — Je vous demande bien pardon, mademoiselle, je crois que je vous ai touchée... sans le vouloir. (La Bottine, du haut de sa boule, garde un silence dédaigneux.) On a si peu de place dans ces wagons avec ces maudites boules; on ne sait où se mettre. (La Bottine se recule à l'extrémité de la boule.) Oh! je ne dis pas cela pour que vous vous éloigniez, au contraire; et tenez, en voici la meilleure preuve.

(La grosse Botte monte sur la boule d'eau chaude et immédiatement la petite Bottine en descend; la grosse Botte descend à son tour du même côté de la boule, mais la Bottine disparaît sous une jupe de satin marron.)

III

La grosse botte. — Allons, bon ! la voilà disparue ! Mademoiselle !... mademoiselle !... je vous jure que je serai bien sage. Rassurez-vous. Tenez, je me mets là-bas, là-bas, tout contre la portière. Il y vient un courant d'air par en dessous, mais ça m'est égal ; ce sera ma punition.

(La petite Bottine apparaît timidement sous la jupe de satin ; elle ne risque en dehors de la draperie que le bout du pied ; puis apercevant la grosse Botte rencognée près de la porte, elle sort tout à fait et va reprendre son ancienne place sur la boule d'eau chaude, mais en montrant son talon Louis XV à la grosse Botte, seule façon pour une Bottine bien élevée de témoigner son mépris.)

IV

La grosse botte. — Il faut m'excuser, made-moiselle. Habituée à la vie des camps, nous prenons quelquefois, malgré nous, des façons un peu rudes, mais nous gagnons à être connue, et, sous cette grosse enveloppe, se cache un bon petit cœur de botte. Vous ne répondez pas ? Vous persistez à me tourner le talon ?

(La Bottine exécute avec son talon un tambourinage d'impatience sur la boule d'eau chaude. On entend : bing ! bing ! bing !)

V

La grosse botte. — Ah! parbleu! je comprends bien que je vous déplais; je vous ennuie, je vous assomme. Comment pourrais-je vous plaire avec mes formes grossières, mes grosses semelles, mes allures de soudard ? Ce n'est même pas de l'indifférence que vous avez pour moi, je sens que c'est de la haine. Si ce n'est pas à se briser l'empeigne contre les murailles!

(La grosse Botte envoie de vigoureux coups de pied dans la portière très capitonnée du wagon. A ce bruit la petite Bottine, étonnée, exécute un quart de conversion, ce que la grosse Botte, en termes militaires, appelle un quart d'à gauche.)

VI

La grosse botte, se laissant retomber épuisée contre la portière. — Je ne puis même pas arriver à m'étourdir. Ces murailles étouffent mes sanglots. Je comprends, mademoiselle, ce que mon admiration a pour vous de blessant; pauvre ver de terre amoureux d'une étoile! mais c'est précisément tout ce que je n'ai pas que j'aime en vous; quand je compare vos extrémités si déliées à mes lourdes attaches, votre peau si fine et si douce à mon cuir épais et coriace, je me dis que vous êtes faite pour fouler les tapis d'Aubusson, et moi pour broyer sous mon poids l'étrier de fer... et je comprends toute la distance qui nous sépare.

(La Bottine se retourne tout à fait et se rapproche de deux centimètres).

11

VII

La grosse botte. — Nous nous faisons, par ma
foi, d'étranges illusions. Nous nous disons dans
notre naïveté : C'est vrai, nous sommes lourdes,
rudes d'aspect, et nous ne cherchons pas à éblouir
par un vernis trompeur, mais nous passons notre
vie à cheval ; nous souffrons le froid, la pluie, la
boue pour le service du pays ; nous laissons des
lambeaux de nous-mêmes dans tous les camps ;
nous nous usons sur tous les champs de bataille ;
c'est une noble poussière qui ternit notre éclat et
on a le droit d'être crotté à un métier pareil !
Évidemment l'on nous tiendra compte de tous nos
sacrifices, il y aura des compensations de cœur,
des satisfactions d'amour-propre. Ah bien ! oui !
Le moindre escarpin découvert laissant apercevoir

la chaussette de soie rayée du premier gommeux
venu n'a qu'à se montrer pour avoir cent fois
plus de succès que nous.

(La Bottine paraît émue. Elle a de petits frémissements
et la dernière phrase lui cause un soubresaut de protes-
tation. Après avoir bien hésité, elle se rapproche de
l'extrémité de la boule et vient regarder curieusement la
grosse Botte.)

VIII

La grosse botte. — Mais je vous calomnie ; je suis sûre que vous êtes aussi bonne que belle, et votre première froideur a voulu seulement me punir de mes allures un peu cavalières. C'était trop à la hussarde, n'est-ce pas ? Maintenant je suis corrigée, bien corrigée, et c'est lentement, respectueusement, que je viens vous demander pardon.

(La grosse Botte s'approche doucement de la boule juste en dessous de la Bottine qui ne se retire pas).

IX

—*La grosse botte.* — Je vais vous paraître bien
exigeante, mais j'ai eu si froid tout à l'heure près
de la portière... Je vous demanderai à mettre le
bout du p'ed, rien que le bout sur la boule.

(La Bottine laisse une petite place).

X

La grosse botte. — Oh! mais comme cela je vous dérange et vous empêche de vous chauffer tout entière. Il y aurait un moyen bien plus simple, ce serait de me permettre de monter sur la boule, à côté de vous.

(La grosse Botte monte sur la boule et se place côte à côte avec la Bottine qui ne recule pas d'une semelle; cependant la Botte ayant essayé de se glisser sous la Bottine, celle-ci esquisse un mouvement de retraite.)

XI

La grosse botte. — De grâce, ne reculez pas. Laissez-moi vous servir de tabouret, de piédestal, Ce sera la meilleure façon de me prouver que vous m'avez pardonné. Allons, dites oui.., mais dites donc oui !

(La grosse Botte essaie à nouveau de se glisser sous la Bottine qui se cramponne à la boule avec toute l'énergie de la vertu aux abois ; mais elle comprend enfin qu'il n'y a plus qu'à céder, et gentiment elle vient se poser sur la grosse botte qui se pâme de plaisir.)

XII

Elles disparaissent sous la banquette et la draperie retombe discrètement.

FÊTE DE FAMILLE

I

Au milieu d'un paquet de journaux et de cartes d'invitation apportées par son ordonnance, Parabère aperçut une lettre datée du camp avec le timbre du régiment.

— Diable, s'écria-t-il, me rappellerait-on avant l'expiration de mon congé! Il n'y a que quinze jours que je suis arrivé, et mon congé est d'un mois.

Il ouvrit et lut :

« Mon cher Parabère,

» Il y a demain soir grand festival au sujet du

11.

départ de Pouraille nommé commandant, et de
Brulard et de Poigne nommés capitaines. Festin,
punch, discours émus, etc., rien ne manquera à
cette fête de famille, pas même toi, j'en suis
convaincu.

» Allons, un bon mouvement ; saute dans le
train, et viens dire adieu à trois bons serviteurs
et excellents camarades.

» Ton vieux frère d'armes,

» Briquemolle,

» Au camp d'Attila, le 12 janvier 1881. »

— Ah ça, Briquemolle est fou ! s'écria Parabère
en froissant la lettre avec humeur. Je n'ai que
trente jours, trente malheureux jours à passer à
Paris, et il me propose de retourner au camp !
C'est insensé. Si encore j'avais été libre..., mais
précisément, demain, c'est comme un fait exprès,
j'ai une foule de visites à faire et d'invitations
acceptées.

Et Parabère allant à sa glace regarda les cartes
accrochées dans le cadre.

Il devait d'abord déjeuner avec Suzanne chez
Voisin, Suzanne, une vieille amie qu'il se faisait
une fête de revoir. Après plusieurs mois d'absence
c'est charmant de se retrouver ensemble en bons
camarades, et de relire à la volée quelques pages
du roman de jadis,

A une heure, il avait rendez-vous chez Claudius
Dupont pour le fameux portrait où lui, Parabère,
figurait en grande tenue de service à côté de
la blonde Impéria. On devait former un groupe
sympathique. Pas ennuyeuse du tout cette pose,
à côté d'une jolie fille à laquelle on avait le droit
de débiter un tas de sottises pour avoir la physionomie souriante exigée par l'artiste.

Puis ensuite, à quatre heures, répétition chez
la diva. Elle avait tenu absolument à avoir l'avis
de Parabère sur la façon de lancer le grand couplet patriotique :

> Quand viendra l'heure de la bataille,
> Quand crépitera la mitraille...

Il la voyait avec ses grands yeux bleus et son
joli sourire lui disant : « Voyons, Maxence, vous
qui êtes capitaine, vous devez sentir si mon couplet portera? Et alors, ému, troublé, chantant abo-
minablement faux, il essayait de lui indiquer
l'effet... comme il le comprenait. Et Briquemolle
se figurait bonnement qu'on pouvait se dérober
à des devoirs semblables.

Et ce n'était pas tout. Il y avait grand dîner
au Cercle, où l'on devait manger une certaine
poularde truffée... puis le soir *Babel-Revue* avec
toutes les plus jolies actrices de Paris. Après le
spectacle, souper intime pour la commission des

fêtes ; — et Parabère en était de cette bienheureuse
commission des fêtes ; — puis bal épileptique et,
qui sait... peut-être apothéose finale avec Mary
Fabert, la jolie commère qui conduisait la revue.

Non, ma parole d'honneur, ce Briquemolle était
étonnant !

Parabère commença sa toilette, très décidé à
refuser. Il expliquerait que des engagements anté-
rieurs... Ah ! s'il avait seulement été prévenu
quarante-huit heures avant, mais je vous demande
un peu, la veille !... Franchement on aurait bien
pu l'avertir plus tôt.

Malgré lui cette lettre du camp lui revenait par
la tête. Il y avait un fait brutal : Pouraille, de
Poigne et Brulard allaient partir. Il ne les rever-
rait peut-être plus. Pouraille, son vieux camarade
de Metz, qui avait occupé la moitié de sa tente
pendant trois mois, avec lequel il avait partagé
sa dernière tablette de bouillon, sa dernière boîte
de conserve ; pauvre Pouraille, avec son torse
d'hercule, était-il difficile à nourrir !... Et de
Poigne, ce jeune saint-cyrien qu'il avait vu arriver imberbe au régiment, qu'il avait formé, dressé
et amené en moins de sept ans à la conquête des
deux épaulettes !... Et Brulard, un vieux lieutenant blanchi sous le harnais, décoré, médaillé,
un type de serviteur comme on n'en fait plus, exact,
fanatique, adorant son métier ; un de ces hommes

qu'on trouve toujours là, et qui, sans bruit, font à eux seuls toute la besogne d'un escadron. Devait-il être heureux de se voir enfin capitaine! Pour lui c'était son bâton de maréchal. Certes. Parabère aurait été bien heureux de les féliciter tous trois, de leur serrer la main et de leur donner de tout cœur l'accolade fraternelle; mais dame, il était en congé! un petit congé de trente jours!...

— Bast! n'y pensons plus, dit-il en prenant son chapeau.

Il sortit, persuadé qu'une fois dehors ses idées allaient suivre un autre cours. Arrivé sous la voûte, une agréable surprise l'attendait. Il neigeait à flocons.

— Parbleu! s'écria-t-il, voilà mon excuse toute trouvée. Il est possible d'un temps pareil que les trains soient interrompus; en tout cas, le break ne saurait venir me chercher, et la gare est à douze kilomètres du camp. Envoyons une dépêche interrogative là-bas, et si l'on me répond qu'il neige, je suis sauvé.

Il sauta en voiture et se fit conduire au télégraphe.

Il écrivit : « Capitaine Briquemolle. Camp Attila.

» Neige-t-il chez vous? Réponse télégraphique.

» Parabère. »

Puis il rentra un peu rasséréné ; évidemment Briquemolle allait répondre : « Il neige, nous te savons gré de l'intention, mais ne viens pas. » De cette façon, il aurait fait acte de bon vouloir, et tout serait pour le mieux dans le meilleur des mondes.

Ainsi mis en paix avec sa conscience, il se mit à songer à la diva et aux petites femmes de la revue. Mary Fabert avait vraiment paru très aimable à la dernière répétition du Cercle. Dès que son rôle était fini, elle descendait de la scène et venait s'asseoir à côté de lui. Tout cela était bon signe, et le souper aidant... on pouvait sans trop de fatuité espérer un succès pour le lendemain soir.

A ce moment un coup de sonnette retentit et l'ordonnance apporta une dépêche. Parabère décacheta à la hâte et lut :

« Temps affreux. Neige insensée, mais comptons quand même sur toi. Les trains marchent. Trois chevaux s'il le faut au break.

» Briquemolle. ».

— Sacrebleu, s'écria Parabère, trois chevaux au break ! Me voilà, après ma dépêche, un peu plus engagé qu'avant. Eh bien, non, mille fois non, je n'irai pas ! Ce serait trop bête, et je vais immédiatement leur télégraphier qu'ils n'aient pas à compter sur moi.

Il fit la dépêche, tout d'un trait, comme un poltron qui aurait peur de ne pas aller jusqu'au bout, mais entre chaque ligne le souvenir de Pouraille, de Briquemolle et de Brulard surgissait devant lui. Il les revoyait tous les trois avec leurs bonnes figures sympathiques ; il lui semblait les entendre disant d'un ton de reproche : « Comment, tu nous laisses partir sans nous faire tes adieux ! Qui sait quand nous nous reverrons ? » Ah ! comme cela vous lie, quinze années de souffrances, de dangers et de fatigues supportés ensemble ! Comme cela vous tient au cœur !...

Parabère resta un moment pensif, la plume à la main, revivant le passé, luttant avec sa conscience, opposant les attractions du présent aux souvenirs de jadis... puis lentement il déchira la première dépêche faite et écrivit :

« Prendrai train midi. Comptez sur moi ».

II

Le lendemain, à midi, Parabère, bien emmi-
touflé dans le grand manteau d'ordonnance, se
dirigeait vers la gare. A vrai dire, cela lui avait
semblé un peu dur de reprendre le harnais et de
ressortir de l'armoire la tenue d'ordonnance.
Avec cela, un temps de chien !

Parabère était seul dans son wagon. Qui donc
eût songé à voyager par un froid pareil ! aussi
la route lui parut d'une longueur désespérante. La
nuit était venue. Par les glaces de la voiture, la
campagne apparaissait toute blanche sous son
manteau de neige. Comme il devait faire froid au
camp ! comme l'aspect des baraques devait être
désolé !.... Rien que d'y songer cela donnait la
chair de poule !

Enfin un coup de sifflet retentit et le train entra en gare. Sur le quai, Briquemolle, Tournecourt et plusieurs autres camarades attendaient, rangés en bataille. Dès qu'on aperçut Parabère mettant la tête à la portière, il y eut un joyeux hurrah! Briquemolle surtout paraissait triomphant!

— Quand je vous disais qu'il viendrait! s'écriait-il, quand je vous le disais! vous ne vouliez pas me croire! Je le connais, moi, mon Parabère!

— Ça c'est gentil, disaient les autres, quel brave garçon! quel excellent camarade!

Et les poignées de main pleuvaient dru comme grêle, et Parabère, ragaillardi par cette chaude réception, ne savait à qui répondre.

On monta dans le break qui, à vrai dire, avait dû être attelé de... cinq chevaux. Et ils fumaient, ils fumaient!... Par moment les roues enfonçaient tellement dans les ornières qu'on eût dit ne plus pouvoir jamais démarrer; à d'autres moments on était projeté les uns contre les autres, et l'on était à deux doigts de verser, mais tout cela au milieu des plaisanteries, des éclats de rire.

— Figure-toi, disait Briquemolle, que les capitaines voulaient tous venir au devant de toi, mais la voiture était déjà trop chargée.

Enfin, après deux heures de route pleines de péripéties, le break s'arrêta net.

— Y a-t-il quelque chose de cassé? demanda Tournecourt en baissant la glace du devant.

— Non, mon capitaine, répondit le cocher, mais nous sommes arrivés.

— Déjà ! dit Parabère.

Et, de fait, l'on avait tant ri que les deux heures de trajet n'avaient pas paru deux minutes. On était devant le mess. Tout autour, les baraques du camp recouvertes de neige faisaient un peu l'effet de joujoux de Nuremberg.

— Messieurs, je vous annonce le capitaine Parabère, dit Briquemolle en ouvrant toute grande la porte du mess.

Parabère resta ébloui. La grande salle, si nue d'habitude avec ses murs blanchis à la chaux, était décorée avec des drapeaux, des sabres, des guidons d'escadrons formés en faisceaux et enchevêtrés pour la circonstance avec des branches de sapin. Devant une immense table dressée en fer à cheval, tous les officiers étaient réunis en grande tenue de service ; des centaines de bougies étincelaient dans les candélabres et reflétaient leurs lumières dans les cristaux des verres à champagne ; devant les nouveaux promus, de gros bouquets avaient été plantés dans des pots de confiture recouverts de papier doré.

Évidemment la cantinière avait fait des merveilles, c'était superbe.

Dans le fond, la musique du régiment sous les ordres du maréchal-des-logis trompette.

Le colonel s'avança au devant de Parabère et, l'embrassant avec une réelle émotion, il lui cria :

— Allons, qu'on vienne encore nous dire que l'esprit de corps n'existe pas !

Quant aux trois nouveaux promus, ils se jetèrent dans les bras du capitaine. Le vieux Brulard avait un peu la larme à l'œil.

— Je savais bien, disait de Poigne, que tu ne me laisserais pas partir comme cela.

— Est-ce que c'était possible ? répondait Maxence attendri, se faisant au fond du cœur toutes sortes de reproches pour ses hésitations égoïstes.

— C'est égal, disait de Poigne, c'est vraiment gentil !

Le repas commença au milieu du brouhaha des conversations particulières, au bruit des fanfares qui résonnaient joyeusement, des détonations des bouteilles de vin de Champagne. Placé entre Pouraille et Brulard, Parabère se sentait envahi par un sentiment de bien-être indéfinissable. Où aurait-il trouvé à Paris une cordialité plus franche, des amitiés plus sincères, des dévouements plus certains ? Ils étaient là une vingtaine autour de la table qui ne s'étaient pas quittés depuis quinze ans, qui s'étaient vus et jugés au feu, à l'ennemi au milieu des éclats d'obus et des charges de uhlans. Chacun savait ce que valait son voisin et se sentait à son tour estimé par lui à sa juste valeur. Est-ce qu'une fête semblable ne valait pas toutes les répétitions et tous les soupers du monde ?

— Te rappelles-tu, disait de Poigne, notre petite tente, à Metz, près de la porte Mazelle, nos lits en X rattachés avec des ficelles, et le plancher que nous avions fabriqué avec de vieilles caisses à sucre ?

— Et la dernière revue à la ferme Bellecroix ! Avons-nous assez pleuré !

— Et notre départ pour Kœnigsberg !

Et Parabère, tout remué par ces souvenirs de la guerre, se tournait ensuite vers le vieux Brulard qui, malgré ses trois galons, persistait, par habitude, à l'appeler mon capitaine. On mangeait comme des ogres, on buvait comme des templiers. Les conversations s'animaient, les yeux brillaient, les éclats de rire résonnaient à faire éclater les vitres.

Tout à coup un grand silence se fit ; la sonnette du président se fit entendre ; le colonel debout, le verre en main, d'une belle voix vibrante, portait un toast aux trois officiers nouvellement promus, rappelant leurs états de service, leur belle conduite, leur bravoure héroïque. Et chacune de ces évolutions du passé était soulignée par les applaudissements unanimes des camarades.

Puis de Poigne se levait à son tour, et, le gosier
serré, remerciait ses amis et leur jurait de ne
jamais oublier le régiment ; Pouraille qui, peu
éloquent, mais doué d'une voix à faire écrouler les
murailles, s'associait aux paroles de son jeune
ami ; puis Brulard qui sanglotait en balbutiant
je ne sais quoi. Dame ! il y avait quelque chose
comme trente-cinq ans qu'il n'avait quitté le
corps. D'abord enfant de troupe, puis engagé,
puis fourrier, puis sous-officier — puis adjudant
— longtemps adjudant ! Il avait conquis tous
ses grades à la force du poignet, et jusqu'ici le
numéro du régiment avait été sa seule famille.

Tout le monde était debout, les verres se cho-
quaient à la ronde avec un bruit argentin, les
poignées de main s'échangeaient entre deux toasts,
quand tout à coup la sonnette tinta de nouveau.
Le colonel redemandait la parole.

— Messieurs, dit-il, je vais proposer une santé
qui, j'en suis sûr, sera bien accueillie. C'est
celle du capitaine Parabère, qui n'a pas hésité à
quitter son Paris, ses plaisirs, pour venir faire
ses adieux à ses camarades.

— A la santé de Parabère ! Vive Parabère !
cria-t-on au milieu des applaudissements prolongés. Hip ! hip ! hurrah !

Et dire qu'il avait un moment hésité à venir
prendre sa part de toutes ces joies !

La fête continua, bruyante, pleine de mouvement et de gaieté. Au café succédèrent les bocks, puis les marquises, puis les punchs flambants. A travers la fumée des cigares, Parabère, comme dans un rêve, assistait, souriant, dans une béatitude immense, à ces effusions fraternelles. Le beau Duval avait entonné l'air des Hussards blancs :

Puissé-je encor trouver des camarades
Parmi les hussards blancs, parmi les hussards blancs !

Puis on avait entendu l'*Entrevue de Tilsitt*, le *Commandant Fortempoigne*, la *Lettre du conscrit*, toutes ces facéties légendaires qui se transmettent pieusement comme des traditions.

—

A onze heures seulement, Parabère se rappelait qu'il n'avait plus que le temps de regagner la gare pour reprendre le train de nuit.

Craignant qu'on ne voulût encore le reconduire, et ne voulant pas troubler la fête, il s'esquivait sans bruit, sautant dans le break attelé de cinq chevaux frais, et arrivait juste pour le départ du train.

Une fois dans son wagon, il s'installa dans un bon coin, rabattit son capuchon sur ses yeux, et là, repassant dans sa mémoire tous les incidents de cette bonne soirée, il s'endormit du sommeil du juste avec la satisfaction du devoir accompli.

PAS SI RAIDE QUE ÇA!

CHAMEROY, vice-président du cercle des Truffes. Littérateur à ses moments perdus.

COSTEROL, son ami. Musicien à ses moments encore plus perdus.

LIONA, étoile du théâtre des Maillots-Dramatiques.

MADAME BOURRIMEL, sa tante, surnommée — Dieu sait pourquoi — Mouche.

—

Madame Bourrimel. — Ah ! c'est vous, messieurs; ma nièce vous attendait avec une impatience...! Nous avons défendu notre porte pour
être tout à vous.

Chameroy. — Ça c'est gentil; sans cela nous
aurions été dérangés tout le temps.

Costerol. — La voilà bien la gloire, la voilà,
la voilà !

Madame Bourrimel. — Le fait est que le
succès de Liona augmente tous les jours. Hier sa
loge n'a pas désempli une minute. Je ne savais
plus où m'asseoir.

Chameroy. — Quelle admirable tante vous
faites ! Toujours là, fidèle au poste.

Madame Bourrimel. — Vous savez, je connais
Liona. Elle est si bonne, elle ne sait rien refuser ; alors, moi, je veille.

Costerol. — Vous avez bien raison. A propos,
nous apportons la petite machine.

Madame Bourrimel. — C'est fini ?

Chameroy. — Paroles et musique, tout est terminé. Costerol a trouvé un air ravissant.

Madame Bourrimel. — Déjà ! vous êtes deux
amours. Et qu'est-ce que c'est que ce panier que
votre domestique a déposé ?

Chameroy. — C'est un petit lunch, quelques
sandwiches et un peu de vin de Champagne pour
réparer nos forces tout en répétant. Vous l'aimez

bien, le vin de Champagne, madame Bourrimel ?

Madame Bourrimel. — Je l'adore.

Chameroy. — Allons tant mieux. (Bas à Costerol.) Elle ne va pas rester là tout le temps, j'espère ?

Costerol. — Ne crains rien. (Haut.) Nous vous ferons signe à l'heure du goûter. Mais prévenez donc votre nièce. Nous perdons un temps précieux.

Madame Bourrimel. — Je vais vous la chercher. (*Exit* la tante.)

Chameroy. — Ah! mon ami, si elle consentait à chanter le dernier couplet!... C'est bien convenu ? Tu te mets au piano, et tu ne t'occupes de rien.

Costerol. — J'ai un joli rôle. Enfin! Je te l'ai promis. Je ne quitterai pas ma musique des yeux et le tonnerre tomberait que je ne me retournerais pas. Chut! La voilà.

———

Liona, grande brune, les cheveux relevés par une simple épingle d'or et tombant ensuite sur les épaules. Peignoir de peluche grenat fermé par des nœuds de satin vieil or. — Bonjour, Chameroy. Bonjour, mon petit Costerol. Vous voyez, je vous reçois en camarade, sans même être habillée, ni coiffée, mais Mouche m'a dit que vous étiez là, et je n'ai pas voulu vous faire attendre.

Chameroy. — Vous êtes ainsi divinement belle. Le grenat va si bien avec vos cheveux noir-bleu.

Liona, riant aux anges. — Vous trouvez ?

Chameroy, lui prenant les mains. — Et sous le peignoir on devine les lignes admirables de ce corps si jeune, si souple, si...

Costerol. — Mes enfants, vous pourriez bien attendre, pour commencer vos insanités, que je sois au piano. (Il va s'asseoir sur le tabouret.)

Liona, se dégageant. — Voyons, soyons sérieux. La chanson de la revue est finie ?

Chameroy. — Oui, et je crois que vous en ferez un grand succès.

Costerol. — Et la musique sera tout à fait dans votre voix.

Liona. — Quel est le titre ?

Chameroy. — *Pas si raide que ça !*

Liona. — Aïe, aïe ! Je prevois des énormités.

Chameroy. — Il est évident que ce n'est pas une chanson à l'usage des couvents.

Liona. — Je ne voudrais pas cependant n'arriver dans la revue que pour dire des ordures.

Costerol. — Entre ordure et légèreté il y a un abîme. Et puis, réfléchissez bien que Pétrolo chante la *Scie naturaliste*, et c'est d'un leste !...

Si après cela vous venez débiter une romance, vous ne ferez aucun effet.

Liona. — Ah ! Pétrolo a aussi des couplets ?... Enfin chantez-moi la chanson, je verrai.

Chameroy. — Allons, Costerol, prends ta plus belle voix. (A Liona.) Il chante comme un vieux chapeau.

Costerol. — On fait ce qu'on peut. (Toussant.) Hum ! hum ! Le premier couplet est d'ailleurs très anodin ; il s'agit d'une petite fille qui ne veut pas apprendre l'alphabet. A la fin, elle s'y décide, et, quand elle sait lire, elle s'écrie triomphante, avec un petit air enfantin...

Liona. — Voyons l'air enfantin de Costerol.

Costerol, chantant.

> Tra la la ! Tra la la !
> Bah ! ça n'est pas si raide que ça !

Liona. — Mettez-vous au piano, je vais fredonner en même temps ; mon petit Chameroy, faites-moi répéter.

Chameroy. — Approchez tout près, et regardez-moi bien en face.

Costerol, se retournant. — Tu n'es pas à plaindre.

Chameroy. — Veux-tu rester à ton piano !

Costerol, résigné. — Allons, deux mesures pour rien. Pi pan pan ! Pi pan pan ! Commencez.

12.

Liona, chantant :

> Quand j'étais petite fille,
> J'étais déjà fort gentille.

Chameroy. — Vous l'êtes encore. Faites une petite moue de bébé.

> Maman disait A B C D

C'est cela. Vous nuancez comme un bijou. (Il l'attire près de lui.)

Liona. — Si vous me faites ces yeux-là, il m'est impossible de chanter. Mais lâchez-moi donc, voici ma tante.

Ils reprennent tous les trois en chœur :

> Tra la la ! Tra la la !
> Bah ! ça n'est pas si raide que ça !

———

Madame Bourrimel. — Ah ! ah ! ça m'a l'air de marcher très bien. Je venais voir si le feu ne s'éteignait pas... Est-ce qu'on a commencé à goûter ?

Costerol. — Non, mais on pourrait peut-être commencer.

Chameroy, bas. — Le diable t'emporte ! La tante va s'installer.

Liona. — Mais, ma bonne Mouche, il est encore bien tôt.

Chameroy. — Beaucoup trop tôt. Nous vous appellerons, soyez tranquille.

Madame Bourrimel. — Oh ! ce n'est pas pour le goûter, mais Liona aime bien à avoir mon avis sur l'ensemble.

Chameroy. — Eh bien, alors, laissez-nous répéter, nous ne sommes encore qu'au deuxième couplet.

Madame Bourrimel. — C'est bon, je m'en vais, mais vous savez, moi je veille (*Exit* la tante.)

Costerol, retournant au piano. — J'aurais autant aimé goûter. Enfin ! Dans le deuxième couplet la petite a grandi. On la mène au Palais-Royal ; la pièce est pleine de situations égrillardes et de mots scabreux à faire rougir un municipal, mais, comme la petite est très naïve, elle dit encore d'un air très chaste ..

Liona. — Après l'air enfantin, voyons votre air chaste.

Costerol, faisant des yeux étonnés :

> Tra la la ! Tra la la !
> Bah ! ça n'est pas si raide que ça !

Liona, riant. — Oh ! mais vous n'avez pas l'air chaste du tout.

Chameroy. — Il faudra travailler ça chez toi devant une glace.

Costerol. — Ce n'est pas moi qui chanterai, c'est Liona.

Liona. — C'est heureux. Allons, répétons le dernier couplet. (Chantant :)

> Un soir, j'allai voir le *Roi Candaule*.
> Je trouvai la pièce très drôle...

Est-ce comme ça ?

Chameroy. — Oui, approchez-vous bien. Un bon sourire naïf. La petite trouve la pièce drôle, mais elle n'y voit pas autre chose, comprenez-vous ? Et puis, élevez le petit doigt en l'air. Là. Quel joli petit doigt ! Il est microscopique.

Costerol. — Marchez donc !...

> ...La pièce très drôle,
> Le mari venait par hasard...

(On le laisse chanter tout seul.)

Liona. — N'est-ce pas que j'ai les doigts artistes ?

Chameroy. — Je crois bien ! artistes, fins, élégants, et avec cela ils sont relevés du bout, ce qui est signe que vous avez l'âme accessible à toutes les nobles émotions. (Il lui couvre les doigts de baisers.)

Liona, le repoussant mollement. — Vraiment!
Quand on a les doigts relevés du bout...

Chameroy. — On doit aimer ceux qui vous
aiment.

Liona. — Tous?

Chameroy. — Vous plaisantez, mais si vous
saviez... (Ils se mettent à chuchoter et Costerol, qui a
chanté deux fois le couplet tout seul et qui s'ennuie, entame la valse des Rétameurs.)

—

Madame Bourrimel, entrant. — Il y a donc une
valse dans votre chanson?

Chameroy. — Une mesure à peine, puis le
refrain :

> Tra la la! Tra la la!
> Ça n'est pas si raide que ça!

(Bas à Costerol.) Tu avais bien besoin de jouer ta
valse !

Madame Bourrimel. — Comme tu es rouge,
Liona!

Liona. — Dame, ma bonne Mouche, tu nous
fais un feu ! Cela dessèche la gorge et l'on ne
peut plus chanter.

Costerol. — Ce serait le moment de boire un
peu de vin de Champagne.

Madame Bourrimel. — C'est cela, entamons le goûter.

Chameroy. — Mais il y a encore le troisième couplet et le temps presse.

Madame Bourrimel. — Eh bien, nous travaillerons en mangeant ; je vous donnerai mon avis. (On remplit les verres et l'on entame les sandwiches.)

Liona. — A ta santé, ma bonne Mouche !

Costerol. — Et aux succès de votre nièce.

Madame Bourrimel. — Merci ! Il est exquis ce champagne.

Chameroy, bas à Costerol. — De grâce, débarrasse-moi de la tante, cela marchait si bien.

Costerol, bas. — Maintenant qu'elle est installée, impossible, mais je puis l'occuper. (Haut.) Commençons-nous le troisième couplet ?

Liona. — Oui, allez-y !

Costerol. — Après, notre héroïne se marie, sa mère la prévient que son époux a un caractère d'un raide, d'un raide !

> Maman, le soir du mariage,
> Me dit, dans les conseils d'usage :
> Mon gendre est de méchante humeur ;
>   J'ai bien peur...

Madame Bourrimel. — C'est charmant !

Costerol, chantant :

> Tra la la ! Tra la la !
> Il n'était pas si raide que ça !

Liona. — Jamais je ne pourrai chanter ça ! N'est ce pas Mouche ?

Madame Bourrimel. — C'est tout à fait impossible. Je m'y oppose formellement.

Costerol. — Voulez-vous faire moins d'effet que Pétrolo ?

Liona. — Oh ! dans ce cas-là, j'aimerais mieux ne pas paraître dans la Revue.

Chameroy. — Et puis, chanté par vous, le couplet s'idéalise. Les mots en passant par votre bouche perdent toute leur crudité ; à votre insu vous leur prêtez votre charme.

Madame Bourrimel. — Ça c'est vrai. Elle leur prête du charme.

Chameroy, bas à Costerol. — Mais, sacrebleu, occupe donc la tante !

Costerol, bas. — Mais, sacrebleu, ça m'assomme ! (Haut.) Vous ne buvez pas, maman Mouche.

Madame Bourrimel. — Mais si, je ne fais que ça ; le verre pas si plein !... Vraiment vous êtes trop aimable.

Costerol. — A votre santé, à vos amours, car vous avez dû en avoir de ces succès.

Madame Bourrimel. — Succès de femme et succès d'artiste ; ah ! la vie a été belle.

Liona, pensive. — Est-ce que vraiment c'est si fort que ça la *Scie naturaliste?*

Chameroy. — C'est-à-dire que je ne comprends pas comment Pétrolo ose la dire, et, croyez-moi, nous sommes forcés d'être à sa hauteur. Je vous aime trop pour vouloir que vous ayez moins de succès qu'elle.

Liona. — Enfin, répétons toujours. Essayons.

Madame Bourrimel. — On peut toujours essayer. Ça n'engage à rien.

Liona, chantant :

> Tra la la ! Tra la la !
> Il n'était pas si....

Non, jamais je n'oserai !

Madame Bourrimel. — Voilà ce que c'est que d'avoir reçu des principes ; ma nièce a des principes. Encore ! ne versez alors qu'un demi-verre, jusqu'à la raie seulement.

Chameroy. — Ma petite Liona, je vous en supplie, laissez-vous faire. Si c'était trop fort, je serais le premier à vous le dire.

Liona, bas. — Je vous assure, il me semble que je serais moins intimidée devant toute une salle, mais là, comme cela, tout près, avec vous qui me regardez si drôlement ; on dirait que vous me plongez vos yeux jusqu'au cœur.

Chameroy, bas. — C'est que je vous aime tant !

Madame Bourrimel, la bouche pleine. — Parlez plus haut, on n'entend pas ce que vous dites.

Chameroy, bas. — Allons Costerol, dévoue-toi.

Costerol, s'asseyant tristement à côté de la tante. — Laissez-les donc tranquilles, ils répètent. Savez-vous, madame Bourrimel, que vous avez dû être très bien ?

Madame Bourrimel. — Si vous m'aviez connue au moment de la guerre de Crimée...

Costerol. — Mais même encore maintenant...

Madame Bourrimel. — Flatteur ! Vous ne pensez pas ce que vous dites.

Liona, à Chameroy, à demi-voix. — Comprenez-moi bien. Quand je joue devant toute une salle, je ne chante plus pour quelqu'un... c'est le public, c'est-à-dire personne..., tandis que vous ce n'est pas la même chose.

Chameroy. — Je l'espère bien.

Liona. — Et comme cela, en tête-à-tête, il me semble qu'il y a certaines phrases qu'on ne peut bien dire qu'à un mari... ou à un amant, en un mot à un homme devant lequel on n'ait plus à rougir.

Chameroy. — Et alors ?...

Liona. — Et alors, si je chantais votre troisième couplet, il me semblerait que je prends un engagement... que je ne veux certainement pas prendre.

Chameroy. — C'est dommage, Pétrolo va avoir tout le succès de la Revue.

Liona. — Toujours cette Pétrolo !

13

Chameroy. — Tandis que si vous vouliez ! tout l'effet serait pour vous, un succès écrasant !

Liona. — Vous croyez?...

Chameroy. — Je vous en réponds. (Lui prenant la taille et lui parlant à l'oreille.) Ah! si vous vouliez. Quelle bonne petite existence nous pourrions mener! Je vous ferais des rôles; vous, vous les diriez avec ce charme si pénétrant dont vous avez le secret; chacun travaillerait ainsi au succès de l'autre; nous aurions le même instinct artistique, les mêmes goûts, les mêmes intérêts dans la vie...

Liona, très troublée. — Taisez-vous donc. Si Mouche vous entendait !

Chameroy, s'échauffant. — Croyez-moi, répétons ce troisième couplet ensemble, longuement, savamment, et quand nous aurons bien creusé la situation, vous arriverez à dire si bien, si bien... que ce sera comme si M. le maire y avait passé. (Il l'embrasse.)

Liona. — Vous êtes fou.

Madame Bourrimel, l'œil vague et le sourire attendri. — Oui, il s'appelait Edgard; c'était un beau brun qui s'était distingué dans les mobiles de 1848.

Costerol, à part. — Cette tante a un passé déplorable et ennuyeux. (Haut.) Ah! il s'appelait Edgard! Un joli nom. Encore un sandwich; vous le ferez glisser par un doigt de Champagne.

Madame Bourrimel. — Il n'y a plus de place...

et puis j'ai la tête un peu lourde. (Riant.) C'est drôle, plus je vous regarde, plus je trouve que vous avez un faux air d'Edgard.

Costerol. — Diable!

Madame Bourrimel. — J'ai toujours l'âme si jeune! mon cœur a conservé des trésors d'affection.

Costerol, inquiet. — Je vous crois, madame Bourrimel.

Madame Bourrimel. — Appelez-moi Mouche tout court. (Elle lui prend la main.)

Costerol, terrifié. — Chameroy! Chameroy! eh bien, le couplet!

Madame Bourrimel. — Dieu! que j'ai la tête lourde! Mais oui, Liona, chante-le donc ton couplet!

Liona. — Vous le voulez, ma tante?

Madame Bourrimel. — Je l'exige.

Liona. — Le troisième couplet?

Madame Bourrimel. — Mais va donc... c'est le plus drôle! (Elle éclate de rire et vide son verre.)

Liona. — Eh bien, soit! (A pleine voix, en regardant Chameroy en face :)

> Tra la la! Tra la la!
> Bah! ça n'est pas si raide que ça?

(Elle saute au cou de Chameroy et l'embrasse. Tableau. Costerol entame la valse des Rétameurs, et madame Bourrimel s'endort.)

UNE FEMME D'ESPRIT

I

Il y avait eu ce soir-là réunion intime chez madame Lovett, dans son petit hôtel de la rue Rembrandt. Elle n'avait invité qu'une femme, la belle contesse Trufaldi, plus trois amis, Précy-Bussac, Pouraille, pour le moment en congé, et Taradel.

C'est une aimable maîtresse de maison que madame Lovett, indulgente, spirituelle, sachant causer comme personne, avec une verve et un entrain qui donneraient de l'esprit au plus sot. Pas jolie, elle le sait et s'en moque : le nez est trop court, et la bouche, quoique bien meublée, est un tantinet trop large ; en revanche, la taille est charmante et la tournure d'une rare élégance. Comme elle le dit elle-même en riant :

— J'ai quelquefois été suivie dans la rue, mais lorsque cette poursuite m'importune, j'ai un moyen bien simple de la faire cesser — c'est de me retourner.

La comtesse Trufaldi, au contraire, est dans tout l'épanouissement de sa beauté magistrale. Le teint est mat, les lèvres sont pourpres, les cheveux noirs plantés très bas descendent en enchevêtrements bizarres jusqu'aux sourcils épais et bien arqués, et cachent ce que le front pourrait avoir de défectueux. Les yeux bleus, frangés de longs cils, sont magnifiques, mais manquent un peu d'expression. Je ne sais quel est l'impertinent — un adorateur évincé sans doute — qui a dit un jour que la comtesse avait l'air d'un mouton qui regarde passer un train ; bref, les méchantes langues prétendent que madame Trufaldi se sait si jolie, si jolie... qu'elle ne se donne pas la peine d'avoir de l'esprit.

Et de fait, à quoi bon parler, lorsqu'un regard suffit pour tourner des têtes ? Dès qu'elle entrait, elle attirait tous les yeux ; on se disputait la petite gloriole de lui offrir le bras pour la promener d'un salon à un autre, pour la conduire au buffet; on tenait à honneur de se montrer avec elle, on quémandait ses sourires, et ce soir-là encore, assis autour du feu, nos trois amis, éblouis, enthousiasmés, n'avaient d'attention que pour elle. Taradel, placé à la droite de madame Lovett, avait insensiblement rapproché son fauteuil de sa voisine de gauche; Précy-Bussac dissimulait mieux ses impressions, mais malgré lui, tout en causant, il avait des distractions, et restait pensif à contempler la belle comtesse, assise en face de lui.

— Mon ami, vous êtes sorti, lui disait alors doucement madame Lovett.

— Quant à Pouraillé, qui avait l'heureuse chance d'être placé à côté de madame Trufaldi, il en perdait complètement la tête. D'un œil attendri, il suivait chacun de ses mouvements, et quand elle parlait, il écoutait sa voix en extase comme une musique céleste.

Grisée par ce succès incontestable, la comtesse se sentait en beauté, riait aux anges et dominait la situation, jetant parfois un regard de commisération sur la maîtresse de la maison; celle-ci, d'ailleurs, toujours aimable et enjouée, servait le thé et ne paraissait nullement émue du triomphe de son amie.

— Oui, disait Taradel, dans notre époque actuelle, il n'y a plus qu'une seule force à laquelle on ne résiste pas, une seule royauté devant laquelle on s'incline, c'est la beauté de la femme.

— Bravo ! s'écria Pouraille d'une grosse voix trop convaincue, je n'aurais pas trouvé cela, mais c'est absolument ma pensée. La beauté pour une femme cela tient lieu de tout.

— De tout ? demanda en souriant madame Lovett.

— Ma foi oui, appuyait Précy-Bussac. Une jolie femme passe, c'est à qui lui cédera le haut du pavé. Elle arrive quelque part, on lui donne la meilleure place. En voyage, le chef de gare accourra, casquette bas, pour se mettre à ses ordres. A-t-elle une grâce à demander, une faveur à obtenir, dès qu'elle paraît, sa cause est déjà à moitié gagnée.

— C'est vrai, tout cela, opinait madame Trufaldi, rouge de plaisir. Je l'ai bien souvent éprouvé par moi-même.

— Mon Dieu, disait madame Lovett, je ne nie pas toute la puissance d'un joli visage, mais croyez-vous que pour la femme ce soit la seule arme dont elle puisse se servir ? Ne peut-elle pas par sa grâce, son intelligence et la manière de se faire valoir, obtenir autant et peut-être plus de succès qu'une autre beaucoup plus jolie qu'elle ?

— Avec des gens myopes peut-être, ripostait

Pouraille, mais pour ma part, je sais bien qu'un regard me fait plus d'effet qu'un discours.

— Tenez, continuait Taradel, supposons, par impossible, que la comtesse ait commis un crime épouvantable et qu'elle se présente devant le tribunal avec sa toilette de ce soir, ses bras nus, ce cou si admirablement attaché avec le collier de Vénus ; eh bien, je vous parie que le jury la renvoie acquittée.

— Tandis que moi, dans le même cas, je n'aurais même pas les circonstances atténuantes ; n'est-ce pas, messieurs ?

— Oh ! madame, répondit Taradel qui voulait réparer sa bévue, vous n'auriez qu'à plaider votre cause vous-même, et vous seriez bien sûre du succès.

— Rappelez-vous Phryné, cria tout à coup madame Trufaldi.

— C'est vrai, dit Précy-Bussac, la pièce du Gymnase eût autrement réussi si l'auteur n'avait pas donné d'accroc à l'histoire, et s'il se fût conformé à la tradition. Voyez-vous d'ici Lamachos enlevant d'un geste rapide la robe de mademoiselle Marie Magnier ? Quel succès !

— Beaucoup plus grand, n'est-ce pas, que si Phryné avait fait un discours étincelant, et tiré tous les feux d'artifice possibles devant l'aréopage ?

Et la belle Trufaldi, en disant cela, jeta un regard circulaire tout autour d'elle, puis, le buste renversé en arrière, elle éleva sa tasse de thé jusqu'à hauteur de ses lèvres, et, les yeux mi-clos, se mit à boire lentement, en gardant le petit doigt en l'air. Le geste était si joli que les trois hommes en oublièrent du coup la discussion et restèrent muets devant l'argument décisif que venait de leur servir la comtesse.

La pauvre madame Lovett regarda un moment en silence ses invités ainsi tenus sous le charme. Le beau Pouraille, surtout, faisait de gros yeux ronds absolument ridicules. Puis elle haussa imperceptiblement les épaules, et tout à coup élevant la voix :

— Avouez, messieurs, que vous mériteriez bien qu'on vous prouvât une bonne fois combien vos théories sont fausses.

— Ma foi, madame, je crois que vous aurez de la peine à nous enlever une conviction ainsi enracinée, mais néanmoins nous ne demandons qu'à être convertis et nous sommes tout oreilles.

— Ce soir, il est trop tard ; d'ailleurs, je sais que vous allez au bal de l'Opéra, et je ne veux pas vous priver de votre liberté ; mais faites mieux, revenez après le bal, tous les trois, souper ici, et vous me raconterez tous les incidents de votre soirée. Nous vous attendrons, mon amie et moi.

Il ne fallait rien moins que ce post-scriptum pour décider les trois amis à revenir après le bal, mais la perspective de se retrouver avec la comtesse les enthousiasma.

— A trois heures, madame, nous serons de retour.

— Heure militaire ! ajouta Pouraille.

Puis ils se retirèrent, non sans avoir respectueusement baisé la main de leurs amies ; mais la vérité m'oblige à dire que le baiser de la comtesse fut beaucoup plus long et beaucoup plus convaincu.

II

A une heure du matin, le bal de l'Opéra était
dans tout son éclat. Des deux côtés du grand
escalier, une haie de jeunes gens en habit noir
étaient rangés sur les gradins et tâchaient de re-
connaître au passage les dominos qui montaient
mystérieusement emmitouflés dans la faille ou la
tête couverte de dentelles. Dans l'avant-foyer, le
capelmeister Gung'l, son petit toupet blanc hérissé, dirigeait son orchestre et faisait entendre
l'inévitable tzarda hongroise : *Rêves amoureux*. Cette musique scandée avec son rythme
bizarre servait d'accompagnement à toutes les
folies qui se débitaient dans le foyer et égayait un
peu le grand couloir des premières loges qui,
sans cela, eût paru véritablement funèbre avec

ses colonnes, ses mosaïques et ses vases de marbre
Partout d'ailleurs un monde fou, une bousculade
inénarrable, un méli-mélo de costumes, de dominos et d'habits noirs; des onomatopées étranges,
des petits cris poussés par des femmes chatouil-
lées ou serrées de trop près, des interpellations
baroques, des bouts de phrases échangés au passage :

— Tiens! voilà Mathieu, comment vas-tu, ma
vieille? — Mélanie, ne me quitte pas ! — Bonsoir Richard ! — Madame, permettez-moi de vous
présenter mon bandagiste. — Dieu que les
hommes sont bêtes ce soir! etc., etc.

Parfois la foule s'ouvrait devant une trouée de
petits jeunes gens qui se poussaient l'un devant
l'autre en colonne par un en criant : « Ohé! ohé !
les voilà bien les joyeux viveurs! » D'autres
fois on faisait instinctivement la haie devant
quatre splendides créatures, outrageusement décolletées et presque nues, qui se promenaient lentement dans des costumes d'odalisque, offrant
indifféremment leurs beaux bras à toutes les
caresses et leurs épaules à tous les baisers; mais
tout à coup une vieille Mauresque, projetant son
profil de guenon à l'arrière-garde, servait d'en-
seigne à la compagnie sociale... et l'on passait avec
un mouvement de désillusion et aussi un soupir
de regret. Il y avait des froissements de chair, des
traînes déchirées, et, planant sur le tout, un par-

fum indéfinissable, mélange de musc, d'iris, de
senteurs âcres et d'odeurs spéciales exhalées par
les dentelles.

Par la grande baie ouvrant sur la salle du bal
arrivaient les ronflements de cuivre de l'orchestre jouant le quadrille de *la Mascotte*. Sur son
piédestal, comme dans une gloire, on apercevait
Arban, le col chiffonné, la cravate dénouée
chantant à tue-tête, tout en brandissant son bâton comme un possédé, tandis que ses musiciens
grisés par le bruit, se levaient parfois et grim-
paient sur leur siège en agitant leur instrument
au-dessus de leur tête avec des gestes épilep-
tiques. Puis, dans un nuage de poussière, on
voyait sous la lumière crue du gaz un grouille-
ment fantastique, des balancements de plumets
gigantesques, une orgie de couleurs criardes sur
laquelle éclatait parfois quelque étincelle détachée
d'une paillette ou d'un casque d'or.

Il y avait surtout une véritable cohue devant la
loge du Cercle des Truffes dont Taradel était le
président. Campé devant la porte, le chapeau crânement planté sur l'oreille, il n'ouvrait qu'à bon
escient et lorsque le domino lui semblait digne
d'être introduit. Il fallait montrer patte blanche,
et lorsque la patte était remarquable, Taradel ne
se contentait pas d'introduire ; il entrait de sa
personne dans le petit salon sombre qui précédait

a loge, quitte à céder à son tour la place à Pou-
aille, Précy-Bussac ou tout autre membre du
Cercle arrivant avec un domino.

On était là, d'ailleurs, absolument chez soi.
À tour de rôle un ami dévoué maintenait her-
métiquement fermés les rideaux de velours qui
séparaient le salon, et sur le devant de la loge,
pour détourner l'attention, d'autres braves camarades faisaient danser un mannequin de femme
en baudruche, dont les soubresauts imprévus
avaient le don de divertir prodigieusement la
galerie. Le mannequin montait dans les airs,
retombait mollement, rebondissait en cadence ; les
gardes municipaux se tordaient de joie, les pom-
piers en pleuraient. Il faut avouer, d'ailleurs, que
l'atmosphère était des plus capiteuses dans ces
petits salons rouges, si propices aux plus douces
causeries avec leurs canapés et leurs fauteuils ca-
pitonnés. La chaleur énervante, la demi-obscurité,
le grondement lointain de la fête, la musique arrivant par bouffées, tout enfin tendait à accélérer
la défaite. Aussi l'on entendait parfois des bruits
étranges derrière le rideau, des baisers, des éclats
de rire, des petits cris étouffés, puis la porte
s'ouvrait et le domino disparaissait dans la
foule.

Parfois la femme avait avoué son nom et donné
un rendez-vous, parfois aussi elle était partie

gardant le plus strict incognito. Parmi ces v
teuses on remarqua beaucoup pendant tout
soirée un certain domino de satin lilas qui pa
au milieu des groupes avec la vivacité d'un
ret. Le corsage de satin moulait une taille d'
rare perfection et était coupé diagonalement
une guirlande de violettes naturelles. Un a
bouquet de violettes était piqué dans les
telles Chantilly qui enveloppaient complèten
la tête, ne laissant apercevoir que deux
noirs pétillants de malice.

Ce diable de domino allait, courait, pours
par de véritables meutes, mais se dégageant
coup d'éventail lorsqu'il était serré de trop
ou parfois se réfugiant dans quelque loge h
talière, d'où il ressortait quelques minutes apr
rajustant ses dentelles.

Dans les rares moments de répit, le domino
rejoignait un autre domino blanc qui se pr
nait sombre et taciturne et devait être proba
ment quelque duègne chargée, le cas échéan
servir de chaperon. Comme malgré tout la
nure était jeune, quelques hommes brave
aventureux voulant en avoir le cœur net av
cherché l'énigme du domino blanc, mais a
quelques paroles échangées, ils étaient reven
mine si déconfite et l'air si maussade qu'o
l'était bien vite tenu pour dit.

Taradel, Précy-Bussac, Pouraille, essayèrent comme les autres; ce dernier surtout, moins exigeant, y mit une véritable conscience, mais après avoir constaté que décidément la duègne n'était pas drôle, il y renonça pour courir ailleurs.

A trois heures moins le quart, ainsi que cela avait été convenu, nos trois amis se retrouvent devant la loge du Cercle.

— Eh bien, vous êtes-vous amusés ? demanda Taradel.

— Énormément, répondit Précy-Bussac.

— Trop, répondit Pouraille.

— Moi aussi, mais nous nous conterons tout cela en route, car il est l'heure d'aller chez madame Lovett, et la pauvre amie ne doit pas s'amuser en nous attendant.

Ils sautent dans la voiture en jetant au cocher l'adresse de la rue Rembrandt.

Et tandis que la voiture roulait :

— Ah! mes amis, disait Taradel, si je n'avais pas promis à cette bonne madame Lovett, du diable si je n'eusse pas voulu continuer jusqu'au bout mon aventure avec mon domino de ce soir! J'ai passé dans le petit salon le quart d'heure le plus adorable... Je n'ai pas vu sa figure, mais des formes admirables, un esprit, un entrain... avec cela pas bégueule, juste assez pour donner du prix à la défaite, et tomber avec grâce.

— Ah çà, est-ce que...?

— Oh! un petit acompte tout au plus; du reste, je l'ai tant priée qu'elle m'a promis de me revoir, et j'ai rendez-vous avec elle lundi prochain à deux heures; je lui ai laissé ma carte en écrivant dessus le jour et l'heure.

— Eh bien, mon cher, dit Précy-Bussac, je n'ai pas tout à fait moi non plus perdu mon temps ; j'ai obtenu à grand'peine un rendez-vous d'un domino pour le mardi, et d'après ce qui m'a été permis de deviner dans la loge, je désire de tout cœur pousser plus loin mes explorations. Je suis persuadé que j'ai trouvé la perle des maîtresses. Elle sait tout, connaît tout, cause de tout, des aperçus les plus fins, les idées les plus élevées, avec cela amusante au possible...

— Et, où en es-tu avec la tienne?

— Comme toi, un petit acompte, mais les obstacles mêmes l'ont rendu plus exquis.

— Moi, dit Pouraille, je n'ai pas la prétention d'avoir trouvé mieux que vous, mais saperlipopette, je vous souhaite d'avoir été si heureux que je l'ai été. J'ai eu la chance de tomber sur une véritable grande dame.

— Grrrande dame ou courtisane ! déclama Paradel.

— Qui sait? peut-être l'une et l'autre; en tous cas, spirituelle, intelligente, bien élevée, et avec cela un tempérament...! Voyez-vous, j'ai trouvé la vraie femme dans le sens le meilleur du mot.

— Et tu la reverras?...

— Elle ne voulait pas, il y avait, paraît-il, toutes sortes d'obstacles, mais je me suis jeté à ses genoux, j'ai imploré, supplié, j'étais désespéré

à l'idée de ne plus la retrouver et de ne pas con
naître un jour les traits de celle qui m'avait tar
plu. Elle se moquait de moi de la meilleure fa
çon du monde, et, pendant ce temps-là il y ava:
Chameroy qui s'impatientait de tenir le rideau
Enfin elle a fini par se décider, et a pris m
carte sur laquelle j'ai inscrit un rendez-vous pou
mercredi.

— Bravo! messieurs,- s'écria Taradel, ce soi
l'honneur du Cercle des Truffes est sauf. A pro
pos, je vous ai vus un instant avec un gran(
domino blanc.

— Oh! mon ami, quel éteignoir! impossibl
d'en tirer trois mots.

— Telle a été aussi mon impression ; mais nou
voici arrivés, ne songeons plus qu'à madam(
Lovett et à la belle Trufaldi.

La voiture s'arrêta; nos trois amis descendiren
et furent immédiatement introduits par le maîtr(
d'hôtel dans le boudoir, où le souper était dressé
Les bougies étincelaient dans les candélabres; l;
salade russe, les buissons d'écrevisses, le pâté d(
foie gras, se dressaient sur la table, entourés d(
petits bouquets formant des jardins suivant l;
mode anglaise. Les bouteilles de Montebello et d(
kummel apparaissaient dans les seaux de glace
tout était préparé pour qu'on pût se servir soi
même.

— Messieurs, dit le maître d'hôtel, madame vous fait dire de l'attendre une minute. Elle va venir immédiatement.

— Ma foi, pensa Précy-Bussac, nous ne sommes pas si malheureux. Un souper excellent, deux femmes aimables, dont une très jolie. Nous n'avons pas à nous plaindre. A propos, voyons comment l'on nous a placés.

Ils s'approchèrent de la table, et tout à coup Taradel poussa un cri.

— Ma carte! s'écria-t-il.

Et en effet il y avait, sur une serviette pliée en bateau, sa carte : *Comte Taradel,* et en des- sous, écrit au crayon : *lundi 2 heures.*

— Et voici la mienne! dit Précy-Bussac, avec mon rendez-vous : *mardi 2 heures.*

— Et la mienne aussi! tonna Pouraille, avec mon écriture : *mercredi 2 heures.*

— Ah çà, qu'est-ce que tout cela signifie? allons- nous souper ici avec nos trois inconnues?

A ce moment la porte s'ouvrit, et le domino lilas ayant encore au corsage la guirlande de violettes, fit son apparition.

— Ah! dit Taradel avec joie, voici toujours la mienne!

— Pardon, c'est la mienne! objecta Précy- Bussac.

— Mais c'est la mienne aussi! s'écria Pouraille.

Le domino se débarrassa de ses dentelles et nos trois amis ahuris reconnurent qui?... madame Lovett.

— Je vous avais promis, leur dit-elle en riant, de vous prouver que vos théories sur la beauté étaient fausses ; êtes-vous convaincus qu'on peut faire bien des folies pour une femme dont on ne connaît pas le visage?

Taradel restait un peu penaud. Comment! il avait pu se tromper à ce point! Il est vrai que Précy-Bussac et Pouraille lui-même... Bah! en somme il n'y avait rien à regretter, et puis, il n'avait parlé que de *petits acomptes*... Taradel et Précy-Bussac faisaient de leur côté les mêmes réflexions :

— Allons, à table, messieurs! dit madame Lovett, j'ai un appétit d'enfer.

— A table! dit gaiement Pouraille.

— Pardon, dit Taradel, mais je ne vois pas votre belle amie.

— Oh! elle vous avait trouvés trop impolis, et n'a pas voulu venir.

— Impolis, nous! et en quoi, mon Dieu?

— Vous savez bien, le grand domino blanc?

— Cette duègne si ennuyeuse?...

— Oui. Et bien, c'était la comtesse Trufaldi

A TROUVILLE-DEAUVILLE

Toujours gai, le départ pour Trouville ! Outre
ue la gare est particulièrement centrale et bien
ituée, les employés, habitués à ne voir que des
ens heureux de vivre, ont une tout autre phy-
ionomie que ceux chargés des lignes d'affaires
lu Nord ou de Bretagne. Ce matin, le train a un
ir de fête tout particulier. La troupe de la
Renaissance part pour Deauville avec tout son
natériel afin de jouer *le Petit Duc*. Une main
imie a orné le wagon réservé à la diva Granier;
le guirlandes de roses naturelles qui transforment

ce compartiment en char triomphal. On peut juger de la valeur de l'artiste suivant la classe de chemin de fer qui est allouée par le directeur. Tandis que les premiers sujets voyagent en premières, d'autres moins appréciés n'ont que les secondes, et enfin les simples figurants et machinistes sont empilés dans les troisièmes. Signe particulier : les hommes ont tous des guêtres ; l'acteur se souvient que, quand on est à la campagne, le costume comporte des guêtres. Çà et là quelques jolies femmes chargées des rôles de pages. Tout ce petit monde-là rit à cœur joie, et s'interpelle joyeusement par les portières à chaque station.

———

A Trouville, toutes les maisons sont à louer. En revanche, les hôtels regorgent de monde. On ne vient plus guère que pour la quinzaine des courses.

Avec le système de coterie à outrance et de petites soirées intimes dans les chalets qui bordent la route des Roches-Noires à Villerville, on est arrivé à tuer les casinos de Deauville et de Trouville ; Deauville lutte encore et donne le mardi, le jeudi et le samedi, des petits bals *blancs* où viennent sauter les petites filles ; mais à Trouville, il est convenu qu'on n'y danse plus.

Une exception pour le bal des pauvres : Ce jour-là il est reçu que les femmes du monde dansent jusqu'à une heure, et qu'à cette heure-là seulement les huissiers peuvent laisser entrer ces demoiselles.

Ces messieurs, changeant de manières, exécutent alors les entrechats les plus mouvementés.

A cette occasion un amusant incident l'autre soir. Poussées par une bande de joyeux viveurs, plusieurs de ces demoiselles firent leur apparition sur le coup de minuit, et commencèrent à valser côte à côte avec les femmes légitimes. Récriminations. On va chercher le directeur qui ne trouve rien de mieux pour faire cesser cet état de choses, que de prier le gros Pasdeloup de ne plus conduire l'orchestre. Plus d'orchestre, se disait-il, plus de bal.

Pasdeloup descend majestueusement, emmenant avec lui sa bande de musiciens, enchantés d'aller se coucher de bonne heure.

Mais on a beau être un joyeux viveur, on a toujours reçu dans son enfance quelques vagues notions de pianotage. Un monsieur monte sur le théâtre qui sert d'estrade, et entame à coups de poings sur le piano un quadrille endiablé. Les danses recommencent de plus belle. Le directeur affolé envoie chercher la force armée : deux gendarmes et deux douaniers.

14.

Entrée inénarrable de ce petit peloton de braves,
rouges, confus au milieu de ces belles dames et
de tous ces beaux messieurs qui leur rient au nez.
Leur tricorne à la main, ils s'avancent vers le
théâtre où ces messieurs s'étaient barricadés derrière les pupitres. Un d'eux se passe au cou la
chaîne d'un des huissiers, qui fait merveille sur
son habit noir et entame avec l'autorité trouvil-
laise une discussion épique avec force gestes et
mouvements oratoires. C'était si drôle que les
femmes du monde, d'abord retranchées derrière
les portes vitrées, se rapprochent peu à peu pour
écouter ce speech insensé.

L'orateur obtient gain de cause en promettant
à la gendarmerie qu'il ne serait brisé aucun instrument de musique !

Les gendarmes se retirent au milieu des
applaudissements et les danses recommencent. Le
tout s'est terminé par un souper servi dans la
salle de danse, où l'on a, suivant l'usage, brisé une
bonne partie de la vaisselle.

———

C'est le seul bal d'ailleurs où l'on se soit un
peu amusé. Les autres étaient à pleurer. Les
courses aussi, sauf celles de dimanche dernier, ont
été, vu le mauvais temps, assez peu animées. La
grande joie a comme toujours été causée par cette

excellente princesse X... qui est arrivée samedi sur le champ de course en amazone gris-perle suivie de l'éternel compagnon qui lui sert de *patito*. Devant les tribunes, le cheval a peur d'une ombrelle, se cabre, et la princesse n'a que le temps de se rattraper au chapeau du patito qui lui reste dans la main (le chapeau bien entendu). Pendant le reste des courses elle s'est promenée dans l'enceinte du pesage, le chapeau d'homme sur l'oreille et relevant fièrement une longue traîne qui laissait apercevoir une botte à l'écuyère (! !).

Le lendemain, dimanche, courses beaucoup plus animées. Le beau temps avait attiré beaucoup de monde des environs et l'on était aussi beaucoup venu de Paris. Comme toujours, l'enceinte était divisée en deux clans distincts — ces demoiselles occupant la droite — c'est beaucoup plus près des bookmakers et c'est plus commode pour faire ses petits paris. Assez désagréable, au reste, l'impression ressentie, lorsqu'une jolie fille à laquelle vous venez tendre la main vous dit, avant même de répondre à votre salut :

— Dites donc, mon cher, me conseillez-vous de mettre cinq louis sur Zoedone ou sur Onyx?

Côté des femmes du monde, beaucoup d'immenses chapeaux gainsborough, devonshire, polichinelle, etc., etc. Beaucoup de jaquettes pincetaille en étoffe claire.

Un petit clan qui veut faire revivre la mode de rester dans les tribunes, toujours pour se distinguer de ces demoiselles qui prennent des chaises. Du côté de celles-ci beaucoup de toilettes. Sur des jupes claires, des habits en taille étoffe brodée, ou en velours bouclé, avec boutons grelots en métal. En tête, la belle Al. H.., dont la taille admirable était moulée dans un habit Louis XV.

Pas de voitures élégantes. On n'amène guère ses chevaux à Trouville et presque tout le monde vient dans des fiacres paniers qui ce jour-là doublent leur tarif et trottent d'une façon remarquable. La princesse X... est arrivée 'dans une calèche découverte, traînée par quatre chevaux nains, semblables à ceux du Jardin d'acclimatation, sur le siège un gros cocher en culotte de panne rouge avec un chapeau qui lui enfonce jusqu'aux oreilles. Involontairement nous avons tous songé au char du duc de Brunswick à l'Hippodrome. Dans la calèche, la princesse lisait des lettres (?) d'un air inspiré. Cette lecture, dans un pareil endroit, au milieu de la bousculade des voitures, des cris des cochers et des nuages de poussière, était tout au moins bizarre.

L'hôtel le plus gai est toujours l'hôtel X....;
ce qu'il y a d'amusant, c'est que le propriétaire
veut persuader aux familles qu'il n'y a pas une
seule demi-mondaine chez lui.

Et lorsque le soir on lui montre assises aux
petites tables du jardin mademoiselle X.., ou la
séduisante Y.., si connue sur le marché, il s'écrie
avec conviction :

— Oh ! madame, un petit ménage ! marié
depuis deux mois à peine.

Le soir, sur la terrasse, dîner tellement animé
que les couverts manquent, le maître d'hôtel cer-
tifie que le *matériel* ne manque pas, mais qu'on
ne lave pas assez. Il en résulte qu'on prend le
potage avec des cuillers à café et qu'on boit la
fine champagne dans des verres à vin de Bordeaux.

Pauvre mademoiselle Z..., toujours seule à sa
petite table. Comme elle s'en plaignait l'autre jour,
« Personne ne lui offre jamais à dîner ! » Mais
aussi pourquoi cette toilette pois-cassé avec des
bas-verts ? rien que cela ferait fuir les plus
braves.

Au dessert, le brave amiral N... (un nom à faire
chavirer toute une flotte), arrive et nous raconte
qu'on l'avait chargé d'une commission pour une
charmante princesse..., un petit paquet très bien
emballé. Il a eu la criminelle indiscrétion de
regarder, et a découvert... un petit flacon de

14.

teinture blonde. Comment, pas blonde la princesse!... Oh ! nos illusions!...

—

Dans la journée, excursions ; visite aux phares
de Fatouville. Le phare n'a par lui-même rien de
bien particulier, mais ce qui est très amusant,
c'est le registre où tout visiteur doit signer et
inscrire ses observations. Les unes sont tout bonnement admiratives. « Splendide ! coup d'œil ravissant ! sublime ! » etc. D'autres sont prétentieuses,
comme celle d'un certain étudiant en droit à
Paris : « En bas comme en haut, l'homme ne
m'est apparu que comme un tube digestif ouvert
par les deux bouts. » Il y a le farceur qui a
écrit :

« Je préfère ce phare à *celui* de ma femme,
sans *phare*, et sans détours. »

C'est un peu long, mais il avait probablement
peur que nous n'ayons pas compris. Enfin il y
a le naïf qui m'a rappelé *le Voyage de monsieur Perrichon :*

« Que l'homme est petit devant la *mere* (sic). »

Cette mère et ce petit m'ont rendu rêveur. Il
est évident, d'ailleurs, qu'en général, l'homme a
une quinzaine d'années à se trouver petit devant
sa mère.

Enfin, il y a le monsieur positif : « J'ai remarqué que le phare était parfaitement tenu. Les cuivres sont d'une propreté remarquable, les prismes ne laissent rien à désirer. Tous mes compliments au gardien. » Un peu plus, il aurait ajouté : qu'on le décore. Mais il n'a pas osé.

Cette excursion se fait sur des petits ânes qu'on appelle des *bourris*. Pas méchants, mais pas fringants, le retour est particulièrement pénible.

Encore quelques jours et tout le monde sera reparti de Trouville. On s'en ira en disant que Trouville baisse de plus en plus, qu'il y avait encore moins de monde que l'année dernière, et patati et patata.

Et on y retournera l'année prochaine, plus nombreux que jamais.

BABEL-REVUE

SCÈNES DE LA VIE DE CERCLE

La salle des fêtes d'un cercle. Petit théâtre dressé dans le fond. Devant le théâtre, un piano, immenses fauteuils de cuir, chaises en désordre, et au centre une table chargée de biscuits, de sandwiches, de bouteilles de malaga, de porto, de madère, etc.

La commission de littérature au grand complet, plus un tas d'autres membres venus seulement pour causer avec les petites femmes. Celles-ci, en chapeau et en pelisse, forment çà et là des

groupes sympathiques. Les unes grignotent des
gâteaux ; les autres, en très petit nombre, étudient
un papier qu'elles tiennent à la main... leur rôle
probablement. Flirtation sur toute la ligne. Tout
le monde parle à la fois, ou dans son coin,
chacun ne s'occupant guère que de sa chacune.

—

Taradel, un balai à la main. — Voyons, mes enfants, il est trois heures et demie, commençons !
Songez que nous passons après demain. Tosté,
voulez-vous vous mettre au piano ? Tosté ? Où
donc est Tosté ?

Précy-Bussac. — Il cause avec Margot.

Taradel. — Tosté, voulez-vous lâcher un moment la main de Margot et venir faire votre
devoir ? Nous prenons le prologue.

Tosté. — Je lui chantais son air du *Petit
cochon.* Enfin, me voilà ! Le chœur des journaux,
parfaitement :

> Je suis le Piron ron ron,
> Journal folichon chon chon.

> (Il plaque des accords.)

Taradel. — Quelle voix ! Enfin. Les journaux
sont-ils là ? Oui ; le *Bocace,* où est le *Bocace* ?

Comfort. — C'est Alice. Elle n'arrivera qu'à
inq heures.

Taradel. — Tout cela c'est la faute de Para-
ère qui a voulu à tout prix la faire jouer. Al-
ons, le chœur d'entrée. Attaquons : Tralala ?
Enchaînez, enchaînez bien. Dis donc, Céline,
u dis *artifesse*, il y a *artifice*.

Céline, piquée. — Je n'ai jamais dit *artifesse*.

Boisonfort. — D'ailleurs *artifesse* est plus drôle.

Chameroy, dans un coin, à Valentine. — Alors, tu
eux bien que j'aille te voir ?

Valentine. — A une condition, c'est que tu
ne donneras le rôle du Téléphone.

Chameroy. — Il était donné à Léa, mais enfin
i cela te faisait bien plaisir, bien plaisir, je
ourrais en parler à Pierre Max.

Valentine. — Alors c'est convenu ?

Chameroy. — Parfaitement. Où demeures-tu
maintenant?...

Taradel, criant. — Valentine ? Où est Valen-
ine ? Ah bien !... Valentine, tu entres après le
chœur ? Tu devrais déjà être du côté cour. (Valen-
ine quitte Chameroy pour entrer en scène.)

Chameroy. — Que le diable l'emporte ! (Il va
'asseoir à côté de Zélie.)

Taradel. — Allons, Favrelle à gauche, et Valentine à droite. Bien. Pourquoi dansez-vous le
cancan ?

Favrelle. — C'est bien plus gai.

Tous. — Oui, le cancan! le cancan!

Taradel. — Il faut l'avis de Pierre Max. Es-tu d'avis de laisser le cancan?

Pierre Max, mportant. — Ça dépend de la phrase.

Tous. — Le cancan! le cancan!

Taradel. — Écoutez donc, sacrebleu! voici la phrase : « La justice, ne s'achetant pas, n'a rien à payer. »

Favrelle. — Il est évident que là-dessus il faut faire le pas de la chaussette orageuse. C'est indiqué.

Tous. — Oui, oui! le cancan! (Tosté sans autorisation entame un quadrille et tout le monde se met à danser.)

Taradel, désespéré. — Voyons! voyons! voyons! messieurs, de grâce, travaillons-nous sérieusement!

Précy-Bussac. — Jamais!

Taradel. — Tosté, voulez-vous cesser votre quadrille! Pierre Max, vous cédez, pour le cancan?

Pierre Max. — Je cède, mais je proteste.

Taradel. — Alors continuons. Nous sommes ici pour répéter et pas pour nous amuser. Silence! Valentine, il ne faut pas tourner le dos au public : là, plus près, puis tomber dans les bras de Favrelle.

Favrelle. — Il faut m'embrasser avec plus de conviction.

Valentine. — Non, ça me décoifferait. Je dîne en ville ce soir.

———

Juliette, dans un coin. — Tu comprends, c'est bien fini ! Nous resterons bons camarades, mais après ce qu'il m'a fait...

Margot. — Bah ! Je te parie que dans huit jours vous êtes remis.

Juliette. — Tu ne me connais pas ! Figure-toi, ma chère, j'arrive au Palais-Royal...

Taradel. — Chut ! On ne s'entend pas, c'est insupportable. Allons, rangez-vous à gauche pour faire la haie, et Florival entre sur la réplique : « Sarah Bernhardt ! Oh ! mince alors ? » dite par Alice. Bon.

Florival. — Eh bien, qu'est-ce que je dirai en entrant ?

Taradel. — Vous n'avez rien à dire.

Précy-Bussac. — Pourquoi veut-il dire quelque chose ?

Comfort. — Il est étonnant !

Florival. — Permettez. J'entre avec mes journaux, n'est-ce pas ? Tout le monde fait la haie et je ne dis rien ! Il faut évidemment un mot très spirituel.

15

Taradel. — Il faut demander à Pierre Max.

Pierre Max. — Ça dépend de la phrase. Mais continuez toujours. Nous règlerons cela plus tard.

Florival. — Pardon. Tous les jours nous disons, plus tard. Si nous ne réglons pas à la répétition, quand réglerons-nous ?

Précy-Bussac. — Nous perdons un temps précieux.

Tous. — Oui, oui ! marchons. Ce Florival est inouï.

Taradel. — Allons, l'incident est clos. Le chœur des commissionnaires. Tiens, voilà Tosté encore parti ! Mais laissez donc Margot tranquille !

Tosté. — Ils ne sont pas là vos commissionnaires.

Taradel. — Mais si ! D'abord Margot en est un. Juliette, quand tu auras fini tes petites histoires...

Tosté, retournant au piano et criant. — C'est en *la !* Attaquez bien. Fouchtra ! fouchtra !

—

Chameroy, dans un coin. — Ma petite Zélie, nous sommes pourtant de vieux amis. Pourquoi ne veux-tu pas que j'aille te voir ?

Zélie. — D'abord, pourquoi avez-vous donné le rôle du Téléphone à Léa ?

Chameroy. — Je te promets de te le faire avoir.

Zélie. — Bien vrai ? tu le retireras à Léa ? Oh ! que tu es gentil !

Chameroy. — J'en parlerai à Pierre Max ; et tu demeures...?

Zélie. — Tu sais bien, rue... machin.

Taradel, criant et appelant. — Mais, Zélie, tu es un Auvergnat. (Zélie se sauve et Chameroy furieux va s'asseoir à côté de Léonide.)

—

Tosté. — Je demande la parole.

Taradel, arrêtant le chœur. — Silence ! M. Tosté veut parler.

Tosté. — Après avoir crié : Catharina ! les Auvergnats pourraient tirer un mirliton de leur poche.

Taradel. — Pourquoi ?

Tous. — Oui, pourquoi ?

Tosté. — Il y a là un côté parisien que vous ne saisissez pas ! Voilà des Auvergnats, n'est-ce pas ? ce ne sont pas de faux Auvergnats, ce sont de vrais Auvergnats, tout ce qu'il y a de plus Auvergnats.

Pierre Max. — Bien, mais les mirlitons ?

Tosté. — Ces choses-là, ça se sent, ça ne s'explique pas. Moi je sens qu'il faut là une base de mirlitons.

Mézensac. — Moi, je pourrais jouer du cor de chasse.

Précy-Bussac. — Et moi, du cornet à piston.

Comfort. — Moi, j'ai un joli talent sur le tambour.

Taradel. — Mais pourquoi ?

Tous. — Ça se sent, ça ne s'explique pas. Sacrebleu !

Taradel. — Sommes-nous là pour travailler sérieusement ?

Précy-Bussac. — Jamais !

Comfort. — Passons, passons, nous réglerons cela plus tard.

Favrelle. — On dit toujours cela, et l'on ne règle jamais rien.

Précy-Bussac. — Parbleu !

—

Chameroy, dans un coin. — Ma petite Léonide, je suis joliment content de trouver un fauteuil à côté de vous.

Léonide. — Vous, laissez-moi, vous êtes un vilain.

Chameroy. — Et pourquoi ça ?

Léonide. — Je sais que vous avez beaucoup travaillé pour la Revue et vous n'avez seulement pas pu me donner un petit bout de rôle.

Chameroy. — Voulez-vous le Téléphone ! j'a-

vais confié le rôle à Léa, mais vous feriez autrement l'affaire ? J'en parlerai à Pierre Max.

Léonide. — A la bonne heure ! je me rappellerai que c'est à vous que je dois mon premier
succès.

Chameroy. — Eh bien, venez donc en causer
en dînant avec moi.

Léonide. — Quel jour ?

Taradel, en criant. — Léonide ! Allons, l'entrée
du Porte-Veine.

Léonide. — Voilà, voilà ! (Elle se sauve.)

(Chameroy exaspéré se lève et va s'asseoir à côté de
Juliette.)

Taradel. — Mesdames, du silence ! C'est le
moment des couplets de la grande artiste. (Un silence relatif.)

La grande artiste. — Oui, c'est moi : la guer-
rière de Domrémy, la vierge populaire, Jeanne
d'Arc ! (Fou rire dans l'auditoire. Il y a des gens qui
en pleurent.)

Pierre Max, inquiet. — Il faudrait peut-être
couper cet effet-là.

La grande artiste. — Pourquoi ? Il ne s'agit
que de l'accompagner d'un trémolo. Tosté, un
trémolo. Où donc est-il ?

Taradel. — Tosté ! Encore avec Margot ! Un
trémolo, mon ami.

Tosté. — Il n'y a pas de trémolo indiqué avant le numéro 2.

Taradel. — Mais puisqu'on en demande un !

Tosté. — Voilà. (Il exécute un trémolo gai.)

La grande artiste. — Mais c'est une polka que vous nous jouez là.

Tosté. — Vous voulez du triste ? Vous savez, moi, ça m'est égal. (Il exécute un trémolo navrant.)

La grande artiste. — Bon maintenant c'est une marche funèbre. Trois accords seulement. Ti la la ! Ti la la. Soit. (Elle commence d'un ton grave.) Elle a sonńé l'heure du grrrand rrréveil !

(A ce moment Précy-Bussac, auquel Juliette vient de faire signe, traverse la salle avec des bottines qui craquent.)

La grande artiste, s'arrêtant net. — Il est impossible de chanter dans des conditions pareilles ; j'aime mieux m'en aller.

Taradel. — Ma chère amie, vous ne pouvez exiger un silence de mort.

La grande artiste. — Ah ! c'est ainsi ! Du reste, il y a longtemps que je m'aperçois qu'on veut m'obliger à quitter la place. On ne me trouve pas assez jeune sans doute. Eh bien, je rends le rôle.

Taradel. — Vous ne ferez pas cela.

Pierre Max, mollement. — Vous êtes trop intelligente pour être susceptible.

La grande artiste. — Cherchez une autre

Jeanne d'Arc. (Elle pose le rôle sûr le piano et sort majestueusement.)

Pierre Max. — Eh bien, tant mieux ! Je n'osais pas lui dire, mais elle n'était pas la femme qu'il fallait.

Margot. — Dites qu'elle était ridicule,

Léonide. — Grotesque...

Comfort. — Très bien, mais par qui la remplacer ?

Toutes. — Moi ! moi ! moi !

Tosté. — Je vous recommande Margot. Voilà une fille qui creuse un rôle.

Parabère. — Vous n'allez pas la comparer à Juliette ?

Méʒensac. — J'ai votre affaire. La petite Zizi. (Exclamations. Brouhaha indescriptible.)

Pierre Max. — Messieurs, tâchez de vous mettre d'accord.

Taradel. — Nous n'avons pas le temps. Continuons. Nous réglerons cela plus tard.

Comfort. — Je ne veux pas songer à tout ce que nous aurons à régler. C'est effrayant.

—

Juliette, dans un coin. — Vous ne pouvez donc pas demander le rôle pour moi ?

Chameroy. — Peuh ! J'ai bien mieux que cela pour vous, le rôle du Téléphone.

Juliette. — Eh bien, et Léa ?

Chameroy. — Je le lui retire, mais, dame, à une condition.

Juliette. — Voyons-les vos conditions. Je m'en doute un peu, vous savez.

Chameroy. — Écoute, ma petite Juliette, le velours de tes yeux a été fabriqué à Utrecht.

Juliette, riant. — Tu es bête !...

Chameroy. — Et si tu voulais...

Juliette. — Pardon, mais c'est à mon tour d'entrer en scène. Je fais Rabelais. (Elle se sauve.)
(Chameroy va s'asseoir à côté de Lucie.)

Taradel. — Mademoiselle Judith ?

Tous. — Elle n'est pas là.

Taradel. — Mademoiselle Gabrielle.

Tous. — Elle vient de partir avec Mézensac.

Taradel. — Quand je pense que nous passons après-demain, j'en ai froid dans le dos. Il y a des scènes qui, à l'heure actuelle, n'ont pas encore été répétées une seule fois.

Précy-Bussac. — Tant mieux !

Taradel. — Alors, nous sautons la scène.

Comfort, riant. — C'est cela, nous réglerons ce passage plus tard.

Taradel, résigné. — Alors, tout le monde en scène pour le finale.

Lucie. — Vous êtes du finale ?

Chameroy, désolé. — Lucie aussi ! Pas moyen

de causer; du moment qu'il n'y a plus de femmes dans la salle, j'aime autant être sur la
scène. (Il enjambe la rampe et monte sur la scène.)

Taradel. — Vous ne devez pas être dans les
chœurs !

Chameroy. — Vous m'arracherez plutôt de la
scène.

Précy-Bussac. — N'arrachez pas ! guérissez !

Chameroy. — Ne faites pas attention. Je suis
très meublant, et puis j'ai une belle voix de ba-
ryton. Demandez à Tosté.

Tosté. — Lui ! Il n'a jamais su une note.

Chameroy. — C'est de la jalousie.

Taradel. — Enfin, répétons les couplets de la
fin. Sont-ils faits ?

Pierre Max. — Pas encore, mais voici toujours le *monstre*.

(Chantant :)

> Je n'ai pas vu l'ami Parabère,
> C'est ça qui me désole.
> Il est pâle comme un vieux notaire,
> C'est ça qui me console.

Tous. — Charmant ! charmant ! Bis ! (Tonnerre
d'applaudissements.)

Pierre Max. — Mais puisqu'on vous dit que
c'est le monstre.

15.

Tous. — Bis! bis !

Pierre Max. — Ma modestie s'y oppose.

Taradel. — Répétons avec le monstre. Nous réglerons les couplets plus tard. Chameroy, voulez-vous laisser Lucie tranquille ! Attaquons les chœurs :

Tous. —

Je n'ai pas vu l'ami Parabère...

Parabère, entrant. — Mes enfants, me voilà.

Taradel. — Chut ! Ne faites pas attention. C'est le monstre.

Parabère. — Comment, le monstre !

Tous. —

C'est ça qui me désole.

Parabère. — Ça c'est gentil. Vous savez, j'ai trouvé sur les boulevards un nouveau joujou très curieux : la question Grecque. Tenez, il faut passer l'anneau A dans l'anneau B sans défaire l'anneau C.

Margot. — On ne comprend rien. Viens donc nous expliquer cela sur la scène.

Taradel. — Mais ce n'est pas permis.

Parabère. — Chameroy y est déjà. (Il enjambe la rampe et embrasse Margot.)

Taradel. — Messieurs de grâce !.. reprenons.

C'est ça qui me désole...

Parabère, avec une voix de charlatan. — Ah ! tenez ; tenez, messieurs ! c'est bien simple. Vous prenez l'anneau A...

Taradel. — Mais nous répétons, malheureux !

Précy–Bussac. — Laissez donc, c'est plus drôle comme ça.

Comfort. — Attendez ! Je vais jouer de la grosse caisse. (Il enjambe la rampe.)

Taradel. — C'est insensé, puisque nous passons après-demain.

Parabère. — Vous prenez l'anneau B entre le pouce et l'index...

Comfort. — Dzing ! Boum ! boum ! Tosté, de la musique !

(Tosté entame l'air des Charlatans à coup de poing.)

Chameroy, prenant Juliette dans ses bras. — Tenez, messieurs, voici le nouveau joujou de l'année. Elle dit : papa, maman, et avale des truffes comme une personne naturelle.

(Favrelle entre avec un cornet à piston et en tire des sons discordants.)

Chameroy. — A cinq louis, la poupée.

Tous. — A moi ! à moi ! (Ils escaladent la scène au milieu des ronflements de la grosse caisse, des cris des femmes, des couacs du piston et des gammes chromatiques de Tosté.)

Taradel, riant. — Je suis débordé. Messieurs, un dernier mot.

Tous. — Jamais!

Taradel. — Un mot seulement. La représentation...

Tous. — Dzing! Boum! boum! A moi la poupée! L'anneau B dans l'anneau C. Couac, couac! Embrasse-moi donc... « Il est pâle comme un vieux notaire. »

Taradel. — Eh bien, bonsoir. Elle sera jolie la représentation! A après-demain. (Un bal prodigieux s'organise sur la scène. La petite fête continue.)

———

Et le surlendemain, à minuit sonnant, le rideau se levait devant un public attentif. Tout le monde était à son poste; il n'y avait pas un accroc, pas une seule faute de mémoire, et bien qu'on n'eût pas répété une seule fois sérieusement, tout marchait sur des roulettes.

On s'est bien amusé, et on rejouera une autre Revue l'année prochaine, qu'on répétera longtemps, longtemps, et encore moins sérieusement si c'est possible.

L'expérience a prouvé que c'est la seule façon d'arriver à un bon résultat.

———

LA LETTRE

« Oh ! les femmes du monde ! »
Raoul de Garde-Feu.

I

Raymond venait de se réveiller. Plongé dans une douce langueur, tandis que son domestique allait et venait par la chambre, il repassait dans son esprit tous les détails de sa liaison avec la comtesse Vittoria Trajouska, et, toute fatuité à part, il ne pouvait s'empêcher de trouver qu'il était véritablement bien heureux !...

— Cette Vittoria est une perle ! se disait-il. Quelle différence avec les liaisons intéressées que j'avais jadis ébauchées avec de belles petites ! Ai-je été jadis assez exploité par elles ! Mon Dieu, ce n'est pas tant ce qu'elles coûtent, mais le moyen, je vous le demande, de poursuivre un roman avec cette diable de question d'argent qui vient toujours tout gâter ! On rêve amour idéal, voyage dans le bleu, rencontre de deux âmes se fondant en un ange ; puis à chaque instant, une demande — nécessaire parbleu — une facture, un détail, vous replongent brusquement dans la réalité. Et l'on est toujours tenté de se demander si ce que votre maîtresse préfère en vous n'est pas précisément le porte-monnaie. Avec Vittoria, au contraire, je puis me dire enfin que je suis bien et dûment aimé pour moi-même, et qu'elle ne s'est donnée à moi ni par calcul, ni par intérêt. Voilà un mois que notre liaison dure et, sauf des fleurs, des bonbons et un ou deux bibelots sans importance, je n'ai rien pu lui faire accepter ; au point de vue du cœur, j'avoue qu'il y a dans cette situation, si nouvelle pour moi, quelque chose qui me ravit.

Et alors il revoyait dans son esprit ce petit hôtel de la rue Murillo, si coquet, si bien tenu. Il est vrai que cette fois il n'avait pas la clef ; il y avait même un comte Trajouski, des plus jaloux ; mais comme le portier, le maître d'hôtel, les deux valets de pied, par leur salut obséquieux et par leur exquise politesse, avaient bien l'air de savoir que *Monsieur* c'était en réalité Raymond.

— Il me serait impossible, réfléchissait-il, de louer un hôtel semblable à moins de quatre mille francs par mois.

Puis de l'hôtel, il passait à l'ameublement, il revoyait ce petit boudoir gris-perle où il n'y avait pas un coin qui ne fût capitonné, ce grand salon plein d'œuvres d'art dont l'immense fenêtre ouvrait sur les jardins du parc Monceaux, cette salle à manger magnifique avec ses bahuts, ses dressoirs, son argenterie. Il était chez lui, elle le lui avait répété cent fois, et quels merveilleux dîners on faisait là, arrosés d'un certain Mouton-Rothschild et d'un Pontet-Canet qui devaient valoir des prix fous. Jadis, il commandait au café Anglais ou à la Maison-d'Or des dîners de quinze louis qui ne valaient pas certainement ceux-là.

Pour avoir une maison et une table montées sur ce pied, il faudrait donner à sa maîtresse au moins cinq cents louis par mois, et encore on serait loin d'arriver à un ensemble aussi correct.

Et les toilettes de Vittoria ! Était-il réellement possible de voir une femme mieux mise ? Il n'y avait guère de semaine qu'il ne lui vît un costume nouveau. La veille encore, elle avait inauguré à dîner, à son intention, une certaine robe scabieuse, avec le corsage et le devant tout brodés en perles mousse et scabieuse qui était

joli! joli! La note de madame Lardèche, la couturière, devait être formidable. Il faut avoir passé
par là et avoir réglé soi-même pas mal de *petites
notes* pour savoir ce que coûte cette savante
harmonie de petits nœuds, de dentelles, ce luxe
de dessous, ces jupons de valenciennes, ces cor-
sets de satin garnis de vieille guipure, ces bas
de soie brodés de nuances extravagantes !...

Que de fois Raymond n'avait-il pas été délicieusement flatté en constatant l'admiration sin-
cère que soulevait Vittoria arrivant dans un bal !
Quel immense satisfaction d'amour-propre lorsque, pendant sa promenade à cheval, il la croi-
sait aux Champs-Élysées dans ce mylord attelé
de deux chevaux russes si bien appareillés !

— Et tout cela est à moi, se disait Raymond
en s'étirant paresseusement dans son lit. J'ai la
femme, j'ai le cadre qui est absolument nécessaire à sa beauté, et je n'ai pas un souci, pas
un tracas, pas une responsabilité. Je suis sûr que
j'aurais jadis payé un mois de ce bonheur-là
au moins quatre-vingt mille francs, au bas mot...

A ce moment sa main étendue nonchalamment
sur la courte-pointe de satin, rencontra un paquet
de lettres que le domestique avait déposées. Raymond les prit à tout hasard, et, encore mal
éveillé, les regarda pour savoir s'il n'y aurait
pas, par hasard, un mot de Vittoria. Une enve-

loppe attira son regard. · Écriture fine, déliée, évidemment féminine, et avec cela quelque chose de trop correct, de trop régulier dans les jambages. Il ouvrit et lut :

« Monsieur,

» J'ai trouvé, dans la poche d'une robe que madame la comtesse Trajouska m'avait donnée à rectifier, une lettre de vous, commençant par ces mots : « Un caprice qui durerait toute la vie » serait le ciel... » et se terminant par ceux-ci : » Quelle nuit divine tu m'as donnée ! je suis tué, » brisé, mais bien heureux. »

» Pardonnez, monsieur, au seul moyen qui m'est offert d'en finir avec madame la comtesse Trajouska :

» Si, demain avant trois heures, vous ne m'avez pas envoyé cent quatre-vingt mille francs *qu'elle me doit,* je remets la lettre au comte Trajouski.

» Je suis, monsieur, votre très humble servante,

» Veuve Lardèche, couturière. »

II

Raymond resta atterré. Un moment il voulut croire que cette femme mentait, qu'il n'y avait là qu'un odieux chantage auquel il fallait savoir résister. Et cependant il avait bien et dûment écrit une lettre commençant par ces mots : « Un caprice qui durerait toute la vie... » Il se rappelait parfaitement. Les termes en étaient vifs, très vifs même, et ne laissaient aucun doute. Dame, c'était le lendemain... Mais comment la comtesse avait-elle laissé traîner une lettre semblable dans la poche d'une robe? Ces épitres-là on les déchire immédiatement après les avoir lues, ou, si l'on veut les garder pour les relire plus tard et en parfumer l'automne de sa vie, on les serre dans un petit coffret *ad hoc*. Cet oubli était invraisemblable, il y avait là-dessous quelque hon-

teuse manœuvre de madame Lardèche à laquelle
rien ne prouvait d'ailleurs qu'on dut cent quatre-
vingt mille francs.

En tout cas il fallait en avoir le cœur net et
voir au plus vite Vittoria. Raymond sauta en
voiture, et trouva son amie qui allait sortir.
Tout en boutonnant avec le plus grand calme le
sixième bouton de son gant de Suède, elle reçut
Raymond en souriant et lui dit :

— J'avais pourtant dit que je n'y étais pour
personne, mais apparemment qu'on sait ici que
la consigne n'est pas pour vous. Quel bon vent
vous amène ?

— Une affaire très grave. Répondez-moi franchement, j'irai droit au but. Devez-vous, oui ou
non, cent quatre-vingt mille francs à madame
Lardèche?

Vittoria Trajouska se redressa de toute sa hauteur et avec une moue de dédain superbe :

— Pardon, mon cher, qui vous a donné le
droit de vous mêler de mes affaires, et pourquoi
vous permettez-vous d'aborder avec moi une
question d'intérêt ?

— Je vous en prie, dit Raymond très humble,
ne vous fâchez pas de ma question indiscrète. Je
connais votre fierté, votre désintéressement. Et
cependant j'insiste, il le faut. Ne voyez dans ma
demande qu'une preuve de l'affection immense et

de l'estime que j'ai pour vous. Je vous en supplie, dites-moi la vérité : devez-vous cent quatre-
vingt mille francs à cette couturière ?

— Mais, vous êtes insensé, mon cher ami ! en
admettant même que j'aie contracté une dette
aussi forte, je ne vois pas...

— Vous ne voyez pas, eh bien, lisez.

Et Raymond tendit à Vittoria la lettre qu'il
avait reçue.

Celle-ci la lut, poussa un grand cri, et s'écria
en tombant sur un canapé :

— Je suis perdue !...

Puis elle se plongea la tête dans les coussins
en mordant les dentelles de la housse avec rage ;
une véritable attaque de nerfs.

— Alors cette femme vous tient ?

— Absolument. Ma note allait toujours en gros-
sissant... Je commandais sans compter, trouvant
toujours chez madame Lardèche un crédit illimité.
J'étais si heureuse de vous plaire, d'être coquette
pour vous, j'étais si charmée lorsqu'un de ces
coûteux costumes m'attirait de votre part quelque
flatteuse remarque ! Aujourd'hui cette Lardèche
a trouvé une lettre de vous et s'en sert pour me
mettre le pistolet sur la gorge.

— Mais comment aviez-vous pu laisser traîner
une pareille lettre !

— Que voulez-vous, mon ami ! c'était la première fois que vous m'écriviez. J'avais lu et relu votre petit mot cent fois, tant il m'avait été au cœur. Le soir, je voulus l'emporter avec moi pour ne pas m'en séparer, et le lendemain matin ma femme de chambre envoya sans me prévenir ma robe chez cette misérable. Je la connais : si elle n'est pas payée, elle fera comme elle le dit. Elle donnera la lettre à mon mari. C'est horrible !

Et une nouvelle attaque de nerfs recommença plus vive que la première.

Raymond, très remué par cette douleur, se mit aux genoux de son amie. Elle était si jolie avec ses cheveux épars, ses grands yeux tout mouillés de larmes, son beau sein que l'émotion soulevait par des spasmes. !

— Voyons, lui dit-il, ne vous désolez pas, tout n'est pas désespéré.

— Où voulez-vous que je trouve cent quatre-vingt-mille francs d'ici demain ?

— Puisque c'est moi qui suis cause...

— Je vous défends, s'écria Vittoria avec rage, je vous défends, entendez-vous, de payer mes dettes !

— Alors votre mari aura ma lettre !

— Que faire, mon Dieu, que faire ?

— Écoutez. Je vous le répète, c'est moi qui suis cause de ce qui est arrivé, par conséquent il est trop juste que je détourne l'orage. Évidemment je n'ai pas cent quatre-vingt mille francs disponibles dans mon secrétaire, mais je suis persuadé que cinquante mille francs donnés comptant arrangeront bien des choses.

— Eh bien, j'accepte, mon ami, et je ne saurais vous donner une preuve plus grande de tendresse; mais c'est à une condition : c'est que vous me laisserez vous rendre cela au premier jour...

Raymond ne répondit pas : il était déjà parti rue de la Paix pour porter à madame Lardèche un chèque de cinquante mille francs à toucher sur son banquier.

— Bast! se disait-il en route, cinquante mille francs! vraiment ce n'est pas payer trop cher un mois d'une affection aussi désintéressée. C'est si bon de savoir qu'on a été aimé pour soi-même et rien que pour soi-même !

Malheureusement madame Lardèche fut intraitable. Non seulement elle n'accepta pas l'acompte de cinquante mille francs, mais elle refusa cent et cent cinquante mille francs.

— Voyez-vous, monsieur, disait-elle en ricanant, votre lettre vaut bien ça. Vous rappelez-vous les petits détails, le signe de la jambe droite et la comparaison entre le melon et la fraise. Le comte Trajouski me la paierait bien plus cher que cela lui ! Vous me donneriez 179,000

francs, je ne vous la rendrais pas ; j'ai une occasion unique d'être payée : Vous comprenez que je
ne vais pas la laisser échapper.

— C'est votre dernier mot ?

— Absolument. Si demain, à trois heures, je n'ai
pas l'argent, j'irai porter moi-même la lettre au
comte.

Le pauvre Raymond partit très tourmenté.
Toute la journée, il courut chez ses amis pour
parfaire la somme nécessaire, donnant comme
excuse une perte au jeu. Pour la première fois de
sa vie, il quémanda, essuya maints refus, éprouva
mille souffrances d'amour-propre, et enfin ne
parvint à trouver les cent trente derniers mille
francs que chez le père Samuel, à un taux exor-
bitant. Enfin à trois heures moins cinq il arriva
triomphant chez madame Lardèche, et en échange
des cent quatre-vingt mille francs reçut une facture acquittée avec un solde de tout compte.

— Et maintenant vous allez me rendre cette
lettre.

— Quelle lettre ? fit la couturière.

— Mais ma lettre... celle dont vous m'avez cité
le commencement et la fin...

— Ma foi, monsieur, c'est tout ce que j'en ai
jamais connu...

— Comment ! vous refusez de me rendre ma
lettre !...

— Je vous répète, monsieur, que je ne l'ai jamais eue entre les mains.

Ici Raymond entra dans un tel accès de colère, menaçant d'un procès en chantage, de violences même... que force fut à la respectable Lardèche de tout avouer.

Les passages cités par elle lui avaient été dictés par la personne qui avait la lettre en sa possession...

— Et le nom de cette personne? demanda Raymond exaspéré.

— Le voici sur cette lettre que je viens d'écrire, vous pouvez en lire le contenu...

Raymond lut :

« Madame la comtesse,

» Votre but est atteint et la ruse a parfaitement réussi. Toutes vos factures sont acquittées. M. R... sort d'ici et m'a versé cent quatre-vingt mille francs, je ne saurais trop vous remercier de l'idée que vous avez eue là.

» En attendant vos nouveaux ordres, croyez madame la comtesse, à mon profond respect.

» Veuve Lardèche ».

UNE GRANDE FÊTE

AU PROFIT DES INONDÉS

DE L'AMOUR ET DU HASARD

Au Cercle, dans la salle du Comité. Le président Taradel, entouré de Précy-Bussac, Comfort, Parabère, Tosté, Chameroy, Tournecourt, Duranus, Pouraille, etc., etc.

———

Taradel. — Messieurs, la grande fête qui s'organise au profit des inondés de Murcie m'a donné une idée que je qualifierai modestement de lumineuse.

16

Comfort. — Ce n'est pas assez.

Parabère. — Vous ne la connaissez pas, son idée.

Comfort. — C'est pour cela.

Taradel. — Messieurs, de grâce, n'interrompez pas ; ce n'est pas seulement en Espagne qu'on pouvait trouver des malheureux, ruinés, inondés, décavés, ayant vu aussi tout leur patrimoine s'engloutir dans le tourbillon des passions. (Oh ! oh !) Quelle digue peut-on opposer à ces deux fléaux qui chaque jour gagnent du terrain : l'amour du jeu et la rapacité des femmes ? C'est une inondation terrible, qu'il serait puéril de vouloir arrêter. (Oh ! oui !) Mais au moins on peut songer à en atténuer les désastres, et j'ai pensé à donner une grande fête au profit des *Inondés de l'Amour et du Hasard*.

Tous. — Bravo ! (Applaudissements prolongés.)

Pouraille. — Je déclare que j'ai applaudi pour ne pas faire d'opposition, mais je n'ai absolument rien compris.

Chameroy. — Ça ne fait rien, un bon cuirassier n'a pas besoin de comprendre. On ne vous demande que votre adhésion.

Taradel. — J'ai donc cru devoir vous réunir pour vous consulter au sujet d'un programme magnifique, m'en rapportant à vos imaginations vagabondes et fantaisistes pour trouver des éléments de *great attraction*.

Tournecourt. — Parlez français pour que Pouraille comprenne bien.

Chameroy. — Que pensez-vous d'une cavalcade ? Moi, je puis fournir huit chevaux.

Précy-Bussac. — Moi, trois.

Comfort. — Moi, un.

Parabère. — Quoi ? Votre petit poney ? Vous n'êtes pas sérieux.

Tournecourt. — Moi, je vous propose 437 chevaux, sans compter les trompettes.

Taradel, riant. — Fichtre ! Il va bien Tournecourt, tout le régiment tout de suite. Et qui sera le chef de la cavalcade.

Tous. — Pouraille ! Pouraille !

Pouraille. — Messieurs, je suis flatté, mais en quoi m'habillera-t-on ?

Taradel. — On cherchera un costume allant à votre genre de beauté.

Tosté. — Ce sera difficile, mais en cherchant bien...

Chameroy. — Nous fouillerons dans les vieilles estampes. Il doit y avoir un moyen de vous faire une tête.

Taradel. — Nous pouvons donc déjà compter sur une belle cavalcade conduite par Pouraille ; maintenant il nous faudrait, bien entendu, une suite de chars, et nous avons pensé à Duranus.

Duranus. — Pouvez-vous me confier deux millions ?

Taradel. — Pour quoi faire !

Duranus. — Je ne puis rien organiser en fait de chars, si l'on ne m'accorde pas au moins deux millions.

Taradel. — Mais nous ferions mieux de les donner tout de suite aux inondés.

Duranus. — C'est mon dernier prix. Moi, je fais de l'art, et je ne puis m'occuper d'un cortège de chars de blanchisseuses.

Comfort. — Hé ! hé ! avec de jolies blanchisseuses...

Tosté. — J'ai une idée. Moi, je vais vous avoir de petits chars au rabais et qui feront un effet énorme.

Taradel. — Expliquez-vous.

Tosté. — Voilà : je voudrais une suite de chars allégoriques, sur lesquels se tiendraient, dans des groupes gracieux, les personnes dignes de représenter noblement l'allégorie désirée. Ainsi, par exemple, je me chargerais d'organiser le *Char de l'Art dramatique.*

Précy-Bussac. — Et qui mettrez-vous dans ce char ? Hyacinthe, Lhéritier, Lassouche... Dupuis, ce sera ravissant.

Tosté. — Mais non, parbleu, j'y mettrai des femmes.

Chameroy. — Voyez-vous le malin.

Taradel. — Je me disais aussi : Si Tosté se mêle de quelque chose, c'est qu'il voit dans son projet des petites femmes.

Tosté. — Je n'en rougis nullement. Sur le sommet du char, je placerais mademoiselle Magnier, dans sa belle robe de satin bronze du *Mari de la débutante*. A ses pieds, madame Théo en Amour. A gauche, mesdames Judic, Alice Regnault, Angelo et Jeanne Hading ; à droite, mesdames Céline Montaland, Réjane et Jeanne May.

Comfort. — Qui placez-vous sur le devant ?

Tosté. — Moi, tout frisé au petit fer, avec un casque et conduisant le char.

Taradel. — En Apollon ; vous ne vous ennuyez pas ; les malheureuses sont sûres de verser.

Tosté. — Je l'espère bien. Je vous dirai même que j'y compte. Ce n'est pas pour moi, c'est pour le coup d'œil.

Taradel. — Au fait, le spectacle y gagnera. On versera devant les premières et l'on fera payer un prix fou.

Chameroy. — Ce sera le char du versement.

16.

Précy-Bussac. — Le char de la Banque Européenne.

Pouraille. — Pourquoi ça ? (Rires.)

Parabère. — On pourrait ensuite organiser le *Char de la Beauté.* Au sommet du char, mademoiselle Alice Howard, puis, tout autour, dans des costumes appropriés à leur physionomie, mesdames Joya, Fanny Robert, Delphine Delizy, Blanche d'Arcourt, Léontine Spellier, Valtesse, Sabine Jamet, etc., etc.

Taradel. — Allez, mon ami, faites votre carte, ne vous gênez pas.

Tournecourt. — Et puis, sur le devant du char, Parabère avec un casque ; Mars conduisant le char.

Parabère. — C'est vrai, j'allais vous le proposer.

Pouraille, finement. — Ce sera le char de la Banque Européenne.

Taradel. — Pourquoi ça ?

Pouraille. — Je ne sais pas. Vous avez dit cela pour l'autre char et tout le monde a ri. (Rire général.)

Taradel. — Eh bien, vous voyez, on a un peu attendu, mais on a ri tout de même. Ensuite le troisième char !

Chameroy. — Moi, j'organiserais bien le char de l'opéra avec mesdemoiselles Montchanin,

Stilb, Accollas, Biot 1re, avec Sangalli planant sur le tout.

Taradel. — Tenez-vous aussi à être en Apollon ?...

Chameroy. — Non, je suis trop myope. Je ne jouirais pas du tout de mon bonheur.

Comfort. — Vous êtes superbe. Mais il ne s'agit pas du tout de votre bonheur à vous ; il s'agit de verser devant les premières.

Chameroy. — Ah ! s'il y a une omelette, je veux bien. Je suis myope, mais pas manchot... et puis, c'est pour une bonne œuvre.

Taradel. — J'avais pensé, Duranus, que vous pourriez peut-être m'organiser un Char de la Peinture avec les dames les plus maquillées...

Duranus. — Avez-vous deux millions ?

Taradel. — Allez vous promener.

Précy-Bussac. — A propos, nous n'avons pas encore spécifié où nous donnerions cette fête ?

Pouraille. — Place de la Concorde.

Chameroy. — Vous dites cela parce que vous êtes de la rue Royale. Égoïste.

Parabère. — Moi, je renonce d'ailleurs à conduire mon char place de la Concorde.

Tosté. — Non, mais me voyez-vous en Apollon, place de la Concorde ?

Chameroy.—Et moi ! j'accrocherais l'obélisque!

Tous. — C'est insensé. C'est idiot. Il fera un vent, un froid... (Tumulte.)

Taradel. — Messieurs, de l'indulgence, que diable ! Le beau Pouraille voulait se montrer au peuple de Paris, à la tête de la cavalcade, c'est tout naturel. Moi, je vous propose le Cirque américain.

Comfort. — Où est-ce, ce Cirque-là ?

Taradel. — Aux Magasins-Réunis. C'est presque aussi grand que l'Hippodrome.

Tous. — Adopté, adopté.

Tournecourt. — Et comment l'éclairerez-vous ?

Précy-Bussac. — Moi, je demande la bougie, je suis bien mieux à la bougie.

Comfort. — Bien mieux ! Vous ne vous êtes donc jamais vu !

Taradel. — J'ai mieux que le gaz à vous proposer. J'ai fait venir M. Beaufumet, le directeur du *Gaz fulgurant.* Il est ici ; si vous voulez, je vais le faire entrer.

Tous. — Oui, oui.

Taradel sonne, et un domestique introduit M. Beaufumet.

Taradel. — Monsieur, c'est vous qui aviez fourni le gaz fulminant du dernier bal de l'Hippodrome.

Monsieur Beaufumet. — Oui, monsieur le marquis. Cela a été même une très bonne affaire.

Taradel. — Il s'agit cette fois d'une fête de bienfaisance, l'argent est destiné aux inondés de l'amour et du hasard. Combien nous prendriez-vous pour éclairer le Cirque américain ?

Monsieur Beaufumet. — Vingt mille francs.

Taradel. — Comment vingt mille francs ?

Monsieur Beaufumet. — J'ai fait mes comptes : avec la machine spéciale, travaux de percements, conduits, tuyaux, etc... et il faut que j'y trouve mon compte, bien entendu... Oui, vingt mille francs.

Duranus. — A la bonne heure ! il faut faire les choses largement.

Taradel. — Pardon, monsieur Beaufumet, je crois que vous n'avez pas très bien compris. Il s'agit d'une fête de bienfaisance.

Monsieur Beaufumet. — Eh bien ?...

Taradel. — Eh bien, il ne s'agit pas du tout de vous faire gagner de l'argent. Nous ne donnons pas cette fête pour vous faire bénéficier d'une bonne affaire. Nous la donnons pour une bonne œuvre, pour faire gagner de l'argent non à vous, mais à des malheureux. Comprenez-vous ?

Monsieur Beaufumet, interloqué. — Ah !

Taradel. — Allez monsieur Beaufumet, méditez ce que je viens de vous dire, et présentez-nous de nouveaux devis en conséquence. (*Exit* M. Beaufumet honteux et confus.) Ma parole d'hon-

neur, c'est insensé de voir des gens ainsi spécu-
ler même sur la misère publique !...

Comfort. — Vous êtes superbe ! vous me rappelez le vertueux Sully.

Parabère. — Le vertueux Mounet-Sully faisant une conférence.

Taradel, riant. — Messieurs, respect au président et revenons à nos moutons. Il me semble
que si vous voulez creuser le sujet, vous pouvez
facilement organiser des Chars de l'Agriculture,
du Commerce, de l'Industrie, que sais-je ?

Parabère. — Avec des demoiselles appro-
priées.

Taradel. — Tout ce que vous voudrez. Vous
comprenez que vous n'aurez que l'embarras du
choix. Elles comprendront qu'ayant commis le
mal, c'est à elles de le réparer.

Chameroy. — Et puis ce sera une excellente
exhibition.

Taradel. — Vous dépoétisez tous les senti-
ments. Celles qui ne voudront pas monter en
char, malgré les gracieux Apollons qui se propo-
sent de les conduire, pourront s'établir vendeu-
ses dans une kermesse comme à celle de l'Opéra.

Tournecourt. — Il y aura des commissaires ?

Taradel. — Bien entendu. Des délégués pour
les femmes du monde, des délégués pour les
artistes, des délégués pour les belles petites.

Pouraille. — Moi, je me charge des municipaux.

Taradel. — Quelle rage d'autorité ! Mais vous
commandez déjà la cavalcade.

Tournecourt. — Et le soir ? Nous donnerons,
bien entendu, une représentation théâtrale.

Duranus. — Si vous voulez, je...

Comfort. — Non, pas Duranus : il va nous
proposer tout de suite Faure, Nilsson et la Patti.

Tosté. — Moi, je vous aurai des petites chanteuses et un ballet au rabais.

Parabère. — Je vois cela d'ici. Tout le Concert des Ambassadeurs, les *Rétameurs de l'avenir*,
et le ballet des Folies-Amoureuses.

Tosté. — Eh bien, c'est ce qui vous trompe ;
je n'aurai que des femmes couvertes de diamants.

Taradel. — Ah ! bah !

Tosté. — Parce que j'ai des amies, moi ! Elles
chanteront pour moi, par amitié pour moi, leur
bon petit Tosté, et elles seront enchantées d'a-
voir un bouquet ayant seulement, piquée au
milieu des fleurs, une petite barque en or pour
rappeler l'inondation.

Tournecourt. — Et que coûtera la petite barque ?

Tosté. — Je connais un marchand de joujoux
qui me la fait pour un louis.

Duranus. — Peuh !

Tosté. — Et avec ce louis-là, j'aurai Léonide Leblanc, Judic, Chaumont, Théo, Thérésa, qui je voudrai. Le voilà, le voilà bien, mon café chantant.

Taradel. — Et comme ballet ?

Tosté. — Comme ballet, je vous assure que les petites danseuses des Folies amoureuses sont charmantes.

Parabère. — Oui, elles font bien de la scène, mais lorsqu'on veut les voir de près...

Taradel, sévèrement. — Pourquoi voulez-vous les voir de près ?

Tous. — Oui, expliquez-vous.

Taradel. — Mon Dieu, après, il peut arriver...

Pouraille. — Oui, je comprends, un petit souper avec champagne, cabinet particulier, et le reste !

Parabère. — Toujours léger dans ses explications. Eh bien, oui, quoi, et je suis sûr que vous voudrez tous en être du souper.

Taradel, gravement. — Nous n'avons pas même le droit de nous soustraire à ce devoir.

Le maître d'hôtel, entrant. — Le dîner est servi.

Taradel. — Messieurs, à table, mais après-demain la prochaine séance, et tâchez de m'apporter des projets aussi pratiques que ceux d'aujourd'hui.

SAUVÉ !

I

Un bon garçon que Perdriol, l'ordonnance de Maxence! Peut-être un peu familier, et se mê- lant parfois beaucoup trop des affaires de son capitaine ; mais, que voulez-vous, il y a des choses qu'on n'oublie pas, et Maxence ne peut s'empêcher de penser qu'il lui a sauvé deux fois la vie.

La première fois, c'était après la capitulation de Metz. Paris était investi, les communica- tions supprimées et il y avait impossibilité ma- térielle de se procurer de l'argent. Il restait à

17

Maxence environ quatorze francs au moment
d'être envoyé prisonnier en Allemagne. Dans
ces conditions, il ne songeait guère à s'offrir là-
bas le luxe d'un domestique et il déclara à
Perdriol que, très inquiet pour l'avenir, il ne
pouvait l'emmener avec lui.

— Bah ! dit Perdriol, mon lieutenant, emme-
nez-moi toujours et ne vous inquiétez pas du
reste. Je préfère ne manger que du pain sec et
rester avec vous.

Maxence réfléchit que le malheureux aurait
la vie très dure dans les casernes prussiennes
avec les camarades, et, à la grâce de Dieu, il le
fit monter avec lui dans le wagon à charbon
qui devait l'emmener en captivité. Arrivés à
Cologne, il ne leur restait littéralement plus un
sou. Le lieutenant se promenait assez penaud
devant la boutique où la belle mademoiselle
Farina l'avait gratis inondé d'eau de Cologne, et
il pensait que le dîner était très problématique.
Il pouvait à la rigueur vendre sa montre et sa
dragonne d'or — puis après?... Tout à coup il
vit arriver Perdriol radieux, avec sa vieille tunique toute couverte de farine.

— Mon lieutenant, cria-t-il, j'ai porté des
sacs chez un boulanger et j'ai gagné un thaler.
Le voilà.

Et jusqu'à ce qu'ils fussent arrivés à Hambourg, ville où Maxence put enfin recevoir des fonds, le vigoureux Perdriol continua à le nourrir, trouvant aisément du travail, grâce à sa haute taille, dans toutes les villes allemandes et apportant toujours intégralement, le soir, tout ce qu'il avait gagné.

C'était gentil, n'est-ce pas ?

La seconde fois, il a fait le bonheur de Maxence malgré lui. Un sauvetage comme un autre après tout ; et bien que sur le moment le capitaine ait trouvé le moyen employé un peu raide, il n'a pas eu le courage d'en vouloir à son ordonnance.

Il faut vous dire que tout l'hiver la mère de Maxence l'avait tellement persécuté pour le marier que, moitié par persuasion, moitié par lassitude, il avait fini par céder. Que dis-je, céder ! La main de mademoiselle Alice de Chameroy, sa cousine, était non seulement demandée, mais accordée. Sa mère l'avait traîné chez une demi-douzaine de bijoutiers, de couturières et de modistes pour s'occuper de la corbeille. Les choses étaient donc aussi avancées que possible.

Et cependant il y avait des jours où sa vie de garçon lui apparaissait avec tout le prestige des choses qu'on va perdre. Mademoiselle de Cha-

meroy était charmante, sans doute, mais c'était
bien bon la liberté !...

Ce matin-là surtout, Maxence était perplexe. Il
devait faire le soir à sa fiancée sa première visite
officielle, et cette obligation le rendait rêveur.
D'autant qu'il avait reçu deux petits billets parfumés qui lui avaient rappelé de bien bons souvenirs. Il lui semblait que son passé le reprenait un peu. Perdriol, tout en préparant ses
affaires, assistait à cette lutte intérieure, qui se
trahissait au dehors par une vive agitation.

— Il est de fait, se disait Maxence en procé-
dant à la confection d'une raie médiane, que la
tempe se dégarnit un peu. Il faut déjà que je
fasse la raie un centimètre plus haut, de manière
à emprunter à la droite de quoi recouvrir la
gauche. Bref, je ne ramène pas, mais je ne
renvoie plus. Ma mère a raison, c'est un symp-
tôme. Bah ! les cheveux ! qu'est-ce que ça
prouve ? il y a des gens chauves à vingt-cinq
ans. Le principal est de garder l'œil vif, tout
est là. Je sais bien qu'il y a près de la paupière
quelques petits plis, on appelle cela un commencement de patte d'oie. Eh bien c'est signe
que j'ai beaucoup ri... et que j'ai une physionomie mobile.

Et il esquissa un sourire pour juger du rayon-
nement des petits plis.

— Perdriol, dis-moi franchement, est-ce que tu trouves que j'ai la patte d'oie ?

— Mon capitaine, pas au repos, mais quand mon capitaine pense à une chose farce, ou bien est un peu fatigué... car il y a des jours où mon capitaine est fatigué.

Fatigué ! ce mot cingla le capitaine comme un coup de fouet. Perdriol avait été trop loin. Évidemment la mère Maxence lui avait fait la leçon ; tout le monde se liguait contre lui pour le pousser au mariage. Eh bien, l'on verrait ! jamais il ne s'était senti si jeune, si désireux de la liberté ! Que deviendrait-il, lorsqu'à la place de la vie heureuse et insouciante de jadis il lui faudrait accepter les devoirs et les responsabilités du mari, du père de famille ? Et dans son imagination assombrie, il aperçut les longues soirées passées au foyer, les visites obligatoires aux beaux parents, les cris des enfants, les nourrices, les soucis, les médecins, tout le cortège des préoccupations inévitables du mariage. De l'autre côté il revoyait avec le prisme du souvenir les joyeux ébats de jadis, les soupers d'amis, les dîners en tête-à-tête au restaurant, les petites baignoires, où l'on allait cacher quelques heures d'un bonheur illégitime, l'imprévu, les aventures. Non certes il n'était pas encore mûr pour la retraite...

— Perdriol, donne-moi ces deux lettres qui sont sur la cheminée.

— Les deux billets parfumés?

Perdriol les apporta de fort mauvaise grâce. Maxence les relut tous les deux en souriant, puis tout à coup il se précipita à son bureau et écrivit fièvreusement :

Ma chère tante,

« Ma cousine est charmante, mais, tout bien réfléchi, je ne me trouve pas encore digne d'être son mari. Plaignez-moi. Je sens que j'aurai passé à côté du bonheur sans avoir eu le courage de le saisir au passage. Mais je crois de mon devoir d'honnête homme de vous écrire avant qu'il ne soit trop tard. Il y a des gens qui sont nés pour être propriétaires et d'autres pour être braconniers. Alice me pardonnera et restera ma meilleure amie, ce qui vaudra beaucoup mieux pour elle que d'être ma femme.

» Votre affectionné neveu,

» Maxence. »

— Perdriol, dit-il quand il eut fini, voilà une lettre à porter immédiatement chez madame de Chameroy, tu m'entends?

— Je crois, dit Perdriol, qu'à cette heure-ci,

madame la comtesse ne serait pas visible, il serait peut-être temps ce soir... ou même demain.

— Non, non !.... c'est très important, il faut qu'elle ait la lettre de suite. A propos, te rappelles-tu l'adresse de Lucie ?

— Laquelle, mon capitaine ? vous en connaissez trois.

— Lucie Regnier, parbleu !

— C'est, 9, rue Murillo. Mais, je croyais que depuis ses nouveaux projets, mon capitaine........

— Tu lui porteras ce petit mot pour lui dire que j'accepte et que nous dînerons ensemble. Mais avant, passe place Vendôme, prévenir Léa Trilly : j'y serai à onze heures.

— Patatras ! dit le pauvre Perdriol. Allons, mon capitaine, je vois que mes courses et mes journées d'autrefois vont recommencer !

— Plus que jamais, mon vieux Perdriol ! Vois-tu, je suis décidé à repartir de plus belle. Ainsi aujourd'hui, pour commencer, tu vas aller me retenir le cabinet 4, chez Ledoyen, celui qui donne du côté de la fontaine ; puis en revenant tu passeras au café Anglais, afin qu'on me réserve le 3 pour ce soir. Ensuite tu iras à la caserne Bellechasse, tu selleras ton cheval et tu courras me retenir une loge à l'Hippodrome ; puis en revenant tu passeras par Bagatelle et tu annonceras ma visite à madame la comtesse Trajowska.

— Est-ce tout? mon capitaine, dit Perdriol qui s'essuyait le front rien qu'à l'idée de toutes ces commissions.

— Oui, pour aujourd'hui. Il y a aussi plusieurs objets à décommander, mais ces courses-là je vais les faire moi-même. Surtout tâche de ne rien oublier, et surtout commence par la lettre de madame de Chameroy, c'est très important.

— Et moi qui croyais que désormais j'allais pouvoir un peu me reposer! murmurait le pauvre ordonnance.

— Se reposer, jamais! cria Maxence. Est-ce que nous sommes fatigués nous autres? Nous mourons mais nous ne désarmons pas. Jusqu'à la mort, tu entends, Perdriol? jusqu'à la mort!

Et plantant son chapeau sur l'oreille, il sortit précipitamment.

— Comment! jusqu'à la mort! s'écria Perdriol. Mais le fait est que nous n'irions pas loin s'il fallait continuer une vie semblable.

Et tout à coup, s'enfonçant lui aussi son képi sur les yeux, d'un coup de poing plein de décision, il sortit à la suite de Maxence.

I I

Maxence se rendit d'abord chez madame Bourjon, la fleuriste.

— Monsieur arrive bien, dit celle-ci. Je viens précisément de terminer le premier bouquet. Monsieur voit : tout ce qu'il y a de mieux pour une jeune fille, tout roses blanches et roses-thé.

— Le fait est qu'il est superbe, dit Maxence ; eh bien vous l'enverrez chez mademoiselle Lucie Regnier, 9, rue Murillo.

— Hein? fit madame Bourjon stupéfaite, mais on m'avait parlé de mademoiselle de Chameroy ! Pour madame Lucie, ce bouquet est beaucoup trop chaste.

— Eh bien, *déniaisez-le* par quelques camélias rouges.

17.

— Il faut que je le refasse en entier pour changer sa physionomie.

— Comme vous voudrez, mais arrangez-vous pour qu'elle l'ait avant déjeuner.

De là Maxence courut chez Marsaut, le bijoutier de la rue de la Paix. O bonheur ! le gros bracelet commandé pour mademoiselle de Chameroy n'était pas encore envoyé.

— Il faudra, dit Maxence, changer le chiffre de l'écrin : au lieu d'un C et d'un P, vous mettrez un B et un J.

— Quelle couronne ? demanda le bijoutier.

— Couronne de comtesse. Le tout envoyé à Bagatelle, chez madame Trajowska, avant 2 heures.

Ceci fait, comme il restait encore une demi-heure avant le déjeuner, Maxence pensa que c'était le cas d'aller dire un petit bonjour à Léa Trilly, place Vendôme. Il l'avait d'ailleurs fait prévenir : car Léa, déjà un peu sur le retour, tient essentiellement à être prévenue à l'avance des visites qu'on doit lui faire, le matin surtout. Maxence sonna à l'entresol et Francine, la femme de chambre, vint ouvrir d'un air contraint.

— Léa est réveillée ? mon ordonnance l'a prévenue ?

— Pas encore, monsieur. Du reste, pour le courrier que j'ai à lui remettre, madame se réveillera toujours assez tôt.

Et elle montra à Maxence une liasse de papiers timbrés, plus une grande affiche jaune déchirée au coin.

— Monsieur voit. Le papier timbré augmente à mesure que les billets doux diminuent. L'affiche jaune devrait même être collée sur la porte, mais on donne 2 francs à l'huissier. Il la déchire au coin et l'affiche est censée avoir été arrachée.

— C'est très ingénieux, opina Maxence pour dire quelque chose.

— Maintenant, je vais réveiller madame.

— Non, non, laissez-la dormir encore. Je reviendrai à une heure moins matinale.

Et il s'enfuit, frémissant de tout son être à l'idée des récits lugubres que lui eût faits Léa dès le début de sa journée. Evidemment, dans la vie galante, il y a des hauts et des bas, des heures tristes et des heures gaies ; mais, en somme, c'est encore du côté de la joie que penche la balance. Maxence tenait à en être absolument persuadé, et cessant de philosopher, il se dirigea vers le cabinet 4 qu'avait dû retenir Perdriol, chez Ledoyen.

C'était là, en effet, que la grande Amélie Drumond, des *Maillots-Dramatiques*, lui avait donné rendez-vous par le billet du matin. Une belle fille, cette Amélie !

Dans le ballet des *Araignées*, avec son costume

de mouche dessiné par Grévin, elle était vraiment jolie.

Chose étrange, aucun cabinet n'était retenu. Perdriol avait dû s'embrouiller dans les commissions. Heureusement le cabinet à côté était libre. Mais, quand au lieu du cabinet un peu sombre dont elle avait l'habitude, la grande Amélie entra dans ce cabinet d'angle à deux fenêtres, à grand jour, impitoyable elle devint tout à coup maussade ; d'ailleurs, pas encore bien réveillée, les yeux portaient encore les traces du maquillage de la veille et la figure était *faite* à la diable. Dame, il était si matin, et puis elle avait du tracas !

— Figure-toi, dit-elle à Maxence, la canaillerie de mon directeur. Il me dit un jour : « Tu sais, je veux te signer un engagement. » Comme jusque-là il ne m'avait pas donné un sou, j'accepte avec joie et arrive dans son bureau. Il me demande quelle somme je veux qu'il inscrive. Moi, par discrétion, je dis un prix modeste, 400 fr. par mois. « Bah ! dit-il, mettons 1.000 fr. Cela pourra te servir plus tard pour entrer ailleurs. — Et combien me donnez-vous ? — Rien du tout ! Mais il y a 20.000 fr. de dédit si tu me quittes. »

Après elle entama le chapitre des jalousies des camarades, des *pannes* qu'on lui confiait, etc. Maxence s'amusait médiocrement ; il eût préféré de beaucoup une conversation moins spéciale.

Au dessert, il avait tout à fait assez d'Amélie Drumond ; il se hâta de la congédier et, sautant en voiture, il se fit conduire à Bagatelle, chez la comtesse Trajowska.

La vraie Polonaise, celle-là, étrange, capiteuse, spirituelle ; quelle différence avec ces cabotines !.

Évidemment, elle avait dû recevoir le bracelet et devait être des mieux disposées.

A sa grande surprise, il trouva la comtesse froide, hautaine, dédaigneuse, accueillant ses déclarations par des éclats de rire moqueurs qui ne promettaient rien de bon. Tout à coup elle se leva et fronçant le sourcil :

— Cette comédie a assez duré, monsieur ! Une autre fois, tâchez donc de prendre vos mesures pour que vos bouquets ne se trompent pas d'adresse.

Et elle tendit à Maxence, décontenancé, le petit mot écrit à l'adresse de Lucie Regnier, et qui commençait par ces mots d'une familiarité peut-être excessive ?

« Mon gros minet : »

Diable de Perdriol ! Maxence se jura de lui infliger un nombre incommensurable de jours de salle de police, et de le faire pourrir sur la paille humide des cachots. Je vous demande un peu s'il ne pouvait pas faire attention? Avec une femme comme la comtesse, c'était fini, bien fini. Il n'y avait plus qu'à saluer et à s'en aller, ce que Maxence fit d'ailleurs le plus élégamment du monde ; puis, une fois dans la voiture, il réfléchit. Cette polonaise, en somme, n'était plus de la première jeunesse, et bien qu'ayant été galante, archigalante, elle jouait encore à l'ingénue, ce qui était profondément ridicule. Ah ! la vraie ingénue, dont le cœur n'a encore battu pour personne, qui rougit quand vous la regardez, qui tremble en vous serrant la main comme...

— A quoi diable vais-je penser là ? s'écria Maxence, je ferais bien mieux de chercher ce qu'a pu devenir mon bracelet. Perdriol est capable de l'avoir porté chez Lucie Regnier, et dans ce cas, après tout, il n'y aurait que demi mal ; et puisqu'elle dîne avec moi ce soir, ce serait un bon placement.

Maxence arriva rue Murillo et fut, à sa grande surprise, introduit dans le *salon des refusés.* C'était un petit boudoir isolé dans lequel Lucie recevait lorsque le salon, la bibliothèque, la chambre à coucher, le cabinet de toilette et la salle de bain étaient déjà occupés.

Il attendit là une grande demi-heure, faisant les réflexions les plus tristes, et entendant parfois une porte qui se refermait et des bruits de bottes descendant l'escalier. L'appartement se vidait peu à peu. Enfin, au moment où Maxence, exaspéré par l'attente et la solitude, allait s'en aller, la portière se souleva, et Lucie apparut en costume de drap vert brodé au collet et au parement, coiffée, gantée et toute prête à sortir.

— Je te demande pardon de t'avoir fait attendre, mon pauvre chien, mais j'avais des visites qu'il m'a fallu expédier une à une.

— Une autre fois je prendrai un numéro d'ordre, dit Maxence en riant ; mais je vois que tu vas sortir ?

— Dame, il le faut. Aussi, tu ne me préviens pas, ce n'est pas de ma faute.

— Comment ! mon ordonnance n'est pas au moins venu te dire que nous dînions ce soir au café Anglais ?

— Non !... Et toute ma journée est prise...

— C'est bien, dit Maxence en lui serrant froidement la main.

Du bracelet il n'osa pas souffler mot, craignant après le refus du dîner, que cela ne parût un reproche. Puis il reprit le chemin de chez lui, écœuré de sa journée, et réfléchissant de plus en plus sérieusement.

— Au résumé, je n'ai que ce que je mérite, se dit-il ; je persiste à vouloir être le Juif-Errant de l'amour, un mönsieur qui mange dans les restaurants et couche dans les auberges. Dans mes tiroirs je n'ai pas une lettre qui vaille la peine d'être relue. Avec ces amours sans veille ni lendemain je suis comme un homme qui, dans un roman, ne voudrait jamais lire que la première page. Franchement, la femme vaut mieux que cela. Je mène une vie d'égoïste et je ne recueille que de l'indifférence : c'est absurde. Ah ! comme ma mère avait raison !...

Maxence rentra chez lui désespéré d'avoir, par sa lettre du matin, brûlé ses vaisseaux et creusé un abîme entre lui et sa cousine. Furieux, il résolut de faire passer sa mauvaise humeur sur l'infâme Perdriol.

— Viens ici, misérable ! cria-t-il, en l'apercevant. Viens ici, que je te traite comme tu le mérites ! Tu veux donc que je te fasse fusiller ?

— Et pourquoi, mon capitaine ? objectait le pauvre Perdriol, secoué comme un prunier par la rude main de son supérieur.

— D'abord, pourquoi n'avais-tu pas retenu un cabinet chez Ledoyen ?

— J'avais cru bien faire en courant d'abord chez la comtesse.

— Pour lui donner le billet destiné à madame Regnier !

— Pas possible ! s'écria l'ordonnance, feignant une profonde surprise.

—Et mon bracelet, qu'en as-tu fait?

— L'écrin était de si mauvais goût, que j'avais dit au bijoutier de le garder.

— Tu te permets de contrecarrer mes ordres! Et la bouquetière?

— Ah! ma foi, son bouquet blanc était fait, je lui ai dit de l'envoyer quand même à mademoiselle de Chameroy.

— Mais tu n'as fait que des sottises! hurla Maxence. Après ma lettre à ma tante, ce bouquet n'a plus raison d'être.

— C'est que, mon capitaine... vous m'avez donné tant de commissions... Ah! je suis bien coupable!

— Voyons! qu'as-tu fait encore?

— Je ne sais pas comment cela se fait, mais la lettre, la lettre que vous m'avez tant recommandée, je l'ai oubliée, elle est restée dans ma poche.

Et Perdriol tendit au capitaine la lettre adressée à madame de Chameroy.

Maxence ahuri regarda son ordonnance qui feignait d'avoir l'air désespéré, mais sous sa grosse moustache on voyait comme un sourire de triomphe.

Et tout à coup il se rappela ses conseils du matin, son mauvais vouloir évident, ses bévues multiples, et il comprit tout. Perdriol avait voulu le sauver malgré lui. Il sauta sur la lettre, la déchira en mille pièces, puis tendant la main à son vieux compagnon, il lui dit tout ému :

— 'Perdriol ? tu es un brave garçon, et je te remercie. Prépare mon habit et ma cravate blanche. Je cours chez ma tante.

— A la bonne heure ! s'écria Perdriol enchanté. *Nous* nous marions ! Cela n'a pas été sans peine.

UNE CARTE S. V. P.

—

(Journal officiel du 24 janvier 1881.)

—

« Pour prévenir les abus qui ont eu lieu au
» bal de l'Élysée, des mesures sévères ont été
» prises. Un contrôle minutieux sera établi de
» manière à ne recevoir que les cartes absolument
» personnelles. »

—

Deux jours avant le bal. — la baronne D.
au colonel R.

Mon cher colonel,

Il est peut-être un peu tard, mais je connais
votre obligeance habituelle pour m'avoir, même
à la dernière heure, deux cartes d'invitation
pour le comte et la comtesse de Boisonfort. Leurs
convictions politiques les avaient, jusqu'ici, éloi-
gnés de tout ce qui porte l'étiquette républicaine,
mais le dernier bal les a tout à fait ralliés et les
voici maintenant décidés à soutenir franchement
le gouvernement.

Merci d'avance. Je vous tends la main avec
permission d'en embrasser le bout des doigts.

Baronne de D.

—

Le colonel R. à la baronne D.

Chère madame,

La liste est close depuis avant-hier. Je suis au
désespoir, mais il est trop tard. Évitez-moi une
autre fois la douleur de vous refuser quelque
chose en vous y prenant suffisamment tôt, et
laissez-moi espérer que l'État-major ne fera pas

comme les carabiniers d'Offenbach qui arrivaient toujours trop tard au secours des particuliers.

Je dépose à vos pieds mes hommages les plus respectueux.

Colonel R.

—

La baronne D. à la générale V.

Sauvez-moi la vie, ma chère Marie, j'avais dit aux Boisonfort que j'étais sûre de leur avoir une invitation et qu'ils n'avaient à s'occuper de rien. Puis... j'ai tout à fait oublié, et le colonel R. vient de me faire répondre qu'il était trop tard ! Que faire ! Cela peut faire manquer le mariage avec Louise !

Mille tendresses.

Baronne D.

—

Générale V. à la baronne D.

Je vous envoie ci-inclus la carte du capitaine Briquemolle, c'est toujours cela. Offrez-la à M. de Boisonfort.

Marie.

—

La baronne D. au vicomte de S.

Voici, mon cher ami, le moment de me prouver votre affection. J'ai une carte d'homme

pour le comte de Boisonfort, mais elle porte le
nom du capitaine Briquemolle. Il ne tiendrait
peut-être pas à s'appeler Briquemolle et de plus
il a toute sa barbe. Je vous propose un truc :
vous portez la moustache et vous avez l'air assez
militaire. Sacrifiez-vous. Envoyez-moi votre carte.
Vous serez Briquemolle. Je vous revaudrai cela
un jour... ou l'autre.

Suzanne.

P. S. — Trouvez-moi une carte pour la comtesse, vous serez un bijou.

—

Le vicomte de S. à la baronne D.

Je veux bien être le capitaine Briquemolle et
je vais, à cette intention, me faire couper les cheveux. Si je m'enrhume vous aurez cela sur la
conscience.

Pour la comtesse, je n'ai trouvé qu'une carte,
celle du major Pouraille. Je vous l'envoie avec
la mienne ; faites-en ce que vous voudrez.

Je compte sur les récompenses futures.

Votre féal,

R.

P. S. — Puisque je suis Briquemolle, la comtesse pourrait peut-être représenter le major —
en travesti ? —

Colonelle R. à la baronne D.

Ma chère Marie,

Deux jeunes sous-lieutenants charmants, que je désirerais beaucoup voir au bal, n'ont pas reçu cette fois-ci de cartes, comme ayant déjà été invités au bal du 14. Envoyez-moi deux cartes d'hommes, et je vous enverrai la carte de la princesse de Bolkoff. Troc pour troc. Mille amitiés.

Colonelle R.

La baronne D. à monsieur de S.

Le major Pouraille me va, mais il me faudrait une deuxième carte pas trop élevée comme grade c'est pour des sous-lieutenants.

Suzanne.

Monsieur de S. à la baronne D.

Pourvu que le premier sous-lieutenant soit pris pour le major cela ira bien. Voici pour le second celle de l'amiral F. de K. Je leur conseille cependant à tous les deux de se vieillir un peu.

Votre respectueux,

S.

Trois heures avant. — *Au cercle*.

(Au salon, autour de la cheminée.)

Premier monsieur. — C'est désastreux ! sur les trois cartes en blanc que j'avais reçues pour le cercle, en voilà une qui va se trouver perdue, celle de Théodore. Il est au lit avec la goutte.

Deuxième monsieur, bondissant. — Alors, donnez-la moi !

Plusieurs voix. — A moi ! à moi ! à moi !

Premier monsieur, noblement. — C'est impossible. J'ai écrit de ma main un nom sur cette carte, c'est que j'en accepte la responsabilité — du reste vous avez lu l'*Officiel* des mesures sévères seront prises.

Un incrédule. — Qu'est-ce que vous voulez qu'on fasse ?

Le petit B. — On annoncera.

Monsieur A. — On demandera des cartes de visite.

Deuxième monsieur. — Et puis après ? On n'aura jamais à faire qu'à des huissiers.

Premier monsieur, noblement. — Non ! messieurs, non. Faites revenir cette carte blanche et je consentirai à écrire un autre nom dessus. C'est tout ce que je puis faire. (Il s'éloigne dignement.)

Les précédents.

Deuxième monsieur. — Avec quoi diable peut-on enlever l'encre ?

Le Petit B. — Je crois, avec du chlorure de potassium.

Monsieur A. — Mais il faut une ordonnance.

Deuxième monsieur. — Parbleu ! le docteur va nous donner ce qu'il faudra. — Docteur !

Le docteur T, qui pose au piquet et qui perd. — Quoi ?

Deuxième monsieur. — Voulez-vous nous donner une ordonnance ?

Le docteur T, grognant. — Pourquoi faire ?

Premier monsieur, embarrassé. — Pour... pour nettoyer du papier.

Le docteur T, exaspéré. — Allez au diable !

Plusieurs membres. — Je crois qu'on pourrait se contenter de gratter.

Le petit B. — Et de lisser ensuite avec l'ongle.

Tous. — Grattons.

(On gratte avec enthousiasme ; la carte bleue devient blanche et présente un horrible trou.)

Premier monsieur, revenant. — Ciel ! quelle horreur ! Vous voulez me faire aller devant les tribunaux. (Il jette la carte au feu.)

Théodore, entrant. Salut, messeigneurs ! Ma

18

goutte va mieux et je me suis levé. Dites donc, Raoul, vous avez ma carte pour le bal de ce soir.

Premier monsieur. — Je l'ai égarée ; mais voici la mienne à la place.

———

(Journal officiel du 28 janvier 1881.)

« .., Grâce aux mesures prises, l'ordre le plus grand n'a cessé de régner, et l'on n'a reçu aux portes que les gens bien et dûment invités, et portant des cartes absolument personnelles. »

COMMENT ELLES JOUENT

I. — AUX FRANÇAIS

Mademoiselle Croizette. — En pleine possession d'elle-même. Jeu chaud, savant, où toutes
les nuances sont observées, où rien n'est livré
au hasard, et où tout concourt à l'épanouissement complet du plaisir du public. La main,
blanche, potelée, avec de petites fossettes, a l'air
d'ébaucher des caresses. L'œil, largement ouvert
sur la vie, brille étrangement sous le cil long et
retroussé. Avec cela des poses, nous dirions
presque des postures, adorables résultant tout
naturellement de l'harmonie des lignes de ce torse
encore divin et taillé dans le marbre.

—

Mademoiselle Sarah Bernhardt. — Jeu haché, saccadé, nerveux, excessivement nerveux, allant jusqu'à la crise inclusivement. Puis, immédiatement après cette détente de nerfs, un changement à vue, une voix mélodieuse, musicale, avec des sonorités étrangès qui vous font passer des petits frissons tout le long du dos, des ralentissements voulus, des temps d'arrêt prémédités. Une chercheuse, d'ailleurs, qui creuse et lime consciencieùsement ses rôles et rêve des effets par les moyens les plus fous, les plus terribles et même les plus diaboliques. Avec ce système, elle arrive à se *grriser*, mais aussi, parfois, à complètement paralyser le malheureux terrifié chargé de lui donner la réplique.

———

Mademoiselle Reichemberg. — Jeu chaste et naïf. Pudeurs d'enfant. Une façon nonchalante de marcher et de parler, en soulignant parfois la phrase ainsi lentement dite, par un regard long et troublant, qui plonge jusqu'au cœur. Quelque chose d'une madone somnambule se promenant au milieu des réalités de la vie sans les voir et surtout sans les toucher. Très maîtresse d'elle-même, d'ailleurs, et ne brûlant les planches qu'après avoir mûrement réfléchi et lorsqu'elle est bien sûre que le moment psychologique est absolument arrivé.

—

Madame Samary. — Jeu insouciant et gai. A élevé l'éclat de rire à la hauteur d'une institution. Ne se doute pas des scènes de passion ; poufferait de rire au beau milieu d'une déclaration, ou même attraperait des mouches pendant ce temps-là, mais tout cela gaiement, à la bonne franquette, si bien qu'il est impossible de s'en fâcher. Le geste est net, précis, on sent la main de fer sous le gant de velours ; la diction est irréprochable. Cette grande bouche bien meublée, qui n'a jamais balbutié, sait ce qu'elle dit. Comme on demandait dernièrement à la blonde sociétaire ce qu'elle pensait des gestes de son partenaire dans une grande scène d'amour, elle a répondu en riant comme une folle :

— Il m'a rappelé vaguement l'homme-orchestre.

18.

II. — AU GYMNASE

Mademoiselle Léonide Leblanc. — Jeu savant, expérimenté, vécu ; dissimule la science acquise sous un sourire charmant, plein de grâce et de naïveté juvénile. Le geste est élégant et sobre, les mouvements harmonieux ; l'artiste d'ailleurs ménage prudemment ses moyens, et ne se livre jamais tout entière pour ne pas se fatiguer. Pourrait jouer ainsi tous les soirs, et même donner des matinées, tout en restant toujours aussi fraîche, aussi reposée et, disons-le, aussi jolie.

—

Mademoiselle Marie Magnier. — Une nature, celle-là ! et pas banale ! Ne craint pas de se dépenser et de faire donner au besoin l'artillerie et la réserve. Jeu exubérant, éclat de rire strident.

Comme disait Pluton à Aristée : « C'est ainsi qu'on rit aux enfers. » — Voix de cuivre, geste magistral, poses de statue antique, mais changées si souvent que c'est à peine si on a le temps d'en jouir. Parfois l'on s'apprête à savourer le regard de ces yeux de velours, le sourire de cette bouche spirituelle, à suivre d'un œil attendri la ligne de ces hanches voluptueuses ; puis crac ! Mademoiselle Magnier fait un soubresaut terrible et le malheureux spectateur, arrêté à mi-route, est complètement désorienté au moment où il croyait toucher au but.

—

Mademoiselle Volsy. — Jeu simple et de bon goût. Le naturel fait femme. Ne cherche pas des effets extraordinaires, mais va droit au but qu'elle est sûre d'atteindre sans efforts d'imagination, avec le calme de la force, de la santé ! Donne un peu à la scène l'impression d'un beau fruit, juste à point, onctueux, parfumé.

III. — AU VAUDEVILLE

Mademoiselle Blanche Pierson. — Jeu passionné, fatal, air un peu égaré. Dit comme personne les scènes d'amour triste, avec le regard vague, noyé, et la main crispée dans une poignée de cheveux blonds. En même temps, elle hoche douloureusement la tête en ayant l'air de dire : « Pourquoi voulez-vous me faire éprouver encore toutes ces sensations-là ? Vous savez bien que plus ne m'est rien, et que rien ne m'est plus ! » Et l'on se demande, rêveur, comment l'on peut être éthérée, triste et vaporeuse avec une croupe aussi andalouse et aussi... joviale.

—

Mademoiselle Léontine Massin. — Un jeu qui est toute une révélation. La grasse blonde rêvée par Zola avec sa beauté rayonnante et sa grâce féline. Beaucoup d'expérience et de talent ; a travaillé en Russie. Très sûre d'elle-même, comptant absolument sùr la victoire, elle ne craint pas parfois de faire un peu languir le public qui, d'ailleurs, n'y perd rien pour attendre.

—

Mademoiselle Gabrielle Réjane. — Remplace l'expérience par une conviction profonde, irrésistible. Croit absolument que c'est arrivé, et recommence chaque nouveau rôle avec le même entrain, le même enthousiasme, dépensant toute son âme, toutes ses forces, toute sa vie, dans ces émotion qui la tuent. Puis, quand la grande scène est terminée, elle essuie vivement ses larmes et immédiatement l'on voit reparaître le sourire effronté et gouailleur du gavroche spirituel sur cette figure qui traduisait avec une vérité indiscutable toutes les phases de la passion quelques secondes auparavant. Pour les connaisseurs, un véritable régal que ce changement à vue !

—

Mademoiselle Juliette de Cléry. — Jeu passionné, espagnol, et cependant raffiné dans son élégance instinctive. Si mademoiselle Massin est la blonde rose, mademoiselle de Cléry est la brune pâle. De là une manière toute différente de se présenter en scène. Plus de geste félin, plus de caresse ébauchée ; la démarche est sûre, la voix sonore, la main, maigre et effilée, ne s'égare pas en arabesques vagues ; elle souligne vivement la pensée et va droit au but. Tudieu ! quel regard de flamme sous ce sourcil noir et bien arqué ! Comme il prend possession de l'objet qu'il convoite et paraît bien lui dire : « Tu sais, je te veux ! Inutile de perdre son temps en discours inutiles ! » En un mot, c'est une nature !

—

Mademoiselle Alice Lody. — Une finaude qui joue les ingénues sans avoir l'air d'y toucher ; on lui donnerait le bon Dieu sans confession, puis tout à coup un mot, un regard équivoque vous font découvrir que vous avez affaire à une jeune fille instruite !... un petit prodige, quoi ! Avec cela, ne se laisse jamais gagner par l'émotion de ceux qui jouent avec elle. L'amoureux peut bien vibrer, sangloter, se tordre, la jolie Lody pourra lui répondre : « Mets ta main sur mon cœur et sens s'il bat plus fort que d'habitude. » Que voulez-vous ! elle est si ingénue !

IV. — AUX VARIÉTÉS

Madame Anna Judic. — A poussé jusqu'aux combles l'art d'insinuer des légèretés en conservant une figure de vierge. Un véritable coup de fouet d'ailleurs que ce contraste entre la pensée exprimée et le regard pur et limpide qui l'accompagne. On dirait sans cesse qu'elle murmure : « Vous savez, je vous dis cela, je fais cela, mais si c'est monstrueux, tant pis ? Moi je n'y vois que du feu. Et vous ? » La voix est mélodieuse, chaude, caressante; le rire est enfantin, naïf, d'une jeunesse extraordinaire. Quelque chose de franc, de loyal, de *bonne fille* qui vous fait éprouver un plaisir aussi vif que singulier. On dirait que l'action est la plus simple du monde. Eh bien, pas du tout. Elle est compliquée, très compliquée; seulement on passe par de petits chemins tellement parsemés de roses qu'on ne s'en aperçoit pas.

Madame Louise Théo. — Tantôt c'est la
femme chat, tantôt c'est la femme oiseau. Ceci
mangera cela. Il y a des moments où elle fait
patte de velours, avec des airs de chatte amou-
reuse qui fait ronron sur la gouttière; d'autres
fois elle a des mouvements de tête, des inclinai-
sons de buste en avant et de jolis gestes de bras
absolument comme un oiseau qui battrait des
ailes pour le bon motif. Tout cela c'est gentil au
possible; mais, malgré les apparences, on sent
une bonne petite femme, bien simple, bien naturelle, n'ayant pas la moindre rouerie, et ne dési-
rant qu'une chose : c'est que vous la trouviez
excessivement jolie, et que cela vous rende excessivement heureux.

V. — AU PALAIS-ROYAL

Madame Céline Chaumont. — Jeu compliqué, alambiqué, tellement qu'on s'y perd. Très spirituelle d'ailleurs, l'artiste, après avoir beaucoup ri, sait causer, mais quelquefois on éprouve avec elle un peu l'impression d'un chatouillement sous la plante des pieds. Au bout de quelque temps on est tellement énervé qu'on ne sait plus si l'on doit rire ou hurler d'agacement. Il y a des lenteurs calculées, des temps d'arrêt subit, des prolongations insensées ; il arrive un moment où, énervé, on lui crierait volontiers : « Je vous en prie, sautez deux ou trois scènes, mais de grâce terminez l'action ! »

—

Mademoiselle Faivre. — Jeu majestueux et légèrement prétentieux, néanmoins une certaine grâce naturelle et des mouvements onduleux qui

19

ont leur prix. Passe au milieu des péripéties les plus scabreuses avec le ton qui convient, et sait prendre une physionomie en rapport avec la situation. Folâtre tant qu'on voudra, mais canaille jamais !

—

Mademoiselle Miette. — La distraction faite femme. N'est jamais à la question. Pendant que l'action se déroule, elle songe à son fils, à sa couturière, aux chevaux qu'elle va essayer, au chapeau qu'elle doit inaugurer, mais nullement — oh ! nullement — à ce qu'elle fait. Avec cela un petit air boudeur tout le temps, avec lequel elle semble dire : « Vous savez, c'est comme cela, et si vous n'êtes pas content, c'est à prendre ou à laisser. » Et on prend avec conviction, et elle est si belle fille qu'on est content tout de même.

—

Mademoiselle Raymonde. — Jeu spirituel et fin, avec effet de profil; ne regarde jamais son interlocuteur face à face. Préfère lui parler de côté ou mieux encore lui tourner complètement le dos en ramenant la tête en arrière par un mouvement de cou aussi gracieux que peu naturel.

—

Mademoiselle Marot. — Jeu élégant mais gestes un peu trop anguleux et saccadés. A besoin de rendre ses mouvements plus tendres et d'arrondir davantage ses périodes, mais on sent une immense bonne volonté et un vif désir de plaire. En général, écoute la réplique, la tête un peu penchée à gauche, les yeux mi-clos, sans faire le moindre mouvement.

VI. — A LA RENAISSANCE

Mademoiselle Jeanne Granier. — Encore une convaincue ! allant à l'avant, jouant bon jeu bon argent, et dépensant sa verve et son cœur sans compter ; néanmoins toujours assez maîtresse d'elle-même pour rire carrément au nez de son partenaire s'il n'est pas à sa hauteur. Joue avec une bonhomie très fine, un peu en bon garçon, nous dirions presque en gamin, sans chercher à avoir les grâces féminines qui ne sont pas dans sa nature ; ce qui ne l'empêche pas d'être très troublante par la hardiesse et la crânerie imprévue de son jeu.

—

Mademoiselle Milly-Mayer. — Joue avec un aplomb qui vous démonte... souvent. Le pas est décidé, la démarche hardie, mais corrigée par certains déhanchements voluptueux des plus

agréables à étudier dans les travestis. Personne
ne sait comme elle garder son sang-froid en scène
et, malgré sa petite taille, se camper crânement
devant son partenaire en ayant l'air de lui dire :
« Eh bien, mon bonhomme, si tu te figures
avoir le dessus parce que tu appartiens au sexe
fort et que tu as deux têtes de plus que moi, tu te
trompes ! Quand tu auras fini ton discours, tu
descendras m'embrasser. »

—

Mademoiselle Jane Hading. — Au premier
abord ressemble un peu à sa camarade Granier,
mais beaucoup plus femme dans ses toilettes,
dans ses poses naturellement gracieuses et justes.
Le côté gamin n'existe pas du tout. Un sourire
enchanteur, un corps svelte, jeune, souple, flexible
comme une liane ; avec cela une espèce de timi-
dité voulue qui donne envie — une furieuse
envie ! — d'encourager de la voix et du geste.
Aux premières scènes, on dirait qu'elle est con-
fuse ; volontiers elle se cacherait les yeux avec
l'un de ses bras, comme un oiseau qui se couvre
la tête de son aile ; puis la confiance arrive gra-
duellement, le bras retombe, la jolie tête apparaît
éclairée de toutes sortes de lueurs mystérieuses
et l'on dirait que la diva en extase et riant aux
anges s'offre pour ainsi dire sur un plat d'argent.

VII. — AUX NOUVEAUTÉS

Mademoiselle Piccolo. — Une luronne! Brûle les planches comme une possédée de l'esprit infernal, et remplit la scène à elle toute seule. Aime à se couvrir de sa brune chevelure comme d'un manteau de roi et ne redouterait nullement le rôle de Geneviève de Brabant dans la forêt. Des bonds de lionne, et par moment, contraste étrange, des accents d'une tendresse infinie. Donne chaque fois qu'elle joue toutes ses forces, toute sa vie ; se dépense tout entière jusqu'à son dernier souffle et recommence le lendemain sans s'apercevoir le moins du monde de la fatigue de la veille.

—

Mademoiselle Humberta. — Un jeu fin, élégant, délicat, ennemi de toutes les excentricités et de tous les excès. Craint les grands cris, la lu-

mière crue du gaz, les grands gestes, les toilettes
tapageuses. Aime les scènes intimes murmurées à
mi-voix. Dans ces conditions, mais dans ces con-
ditions-là seulement, dit très juste et tient admirablement sa partie.

—

Mademoiselle Céline Montaland. — Un entrain merveilleux, un brio étonnant, la seule
qui sache encore lancer le rondeau, l'interminable rondeau, en conservant la même voix, le
même sourire et le même souffle à la dernière
strophe qu'à la première. Galvanise la scène, et
par l'électricité de sa présence, anime les jeux
les plus froids. Joue un peu avec ses yeux qui
sont très beaux, beaucoup avec ses bras qui sont
superbes, et énormément avec ses jambes qui
sont uniques.

COMMENT

ELLES DEVRAIENT S'HABILLER

•

Après avoir dit comment elles jouent, il nous semble que le complément nécessaire de cette étude est la façon dont elles devraient s'habiller. Nous avons donc pensé à indiquer ici — du moins, aux actrices les plus connues — un costume qui fût non seulement en rapport avec leur physique, mais aussi avec leur talent, leur manière d'être, de vivre, de marcher, etc....

Donnez à cet *et cœtera* autant d'extension qu'il vous plaira.

19.

I. — COMÉDIE-FRANÇAISE

Mademoiselle Croizette. — En *Été*. Corsage à la grecque, laissant voir les épaules, rattaché seulement sur le haut du bras par une agrafe d'or, de manière à ce que l'œil puisse suivre la ligne admirable des bras. Draperies à longs plis majestueux et lâches ; jupe ouverte sur le côté laissant apercevoir, par moments, toute la jambe jusqu'à la hanche dans toute sa beauté sculpturale. Les cheveux blonds flottant sur les épaules, vous savez, cette magnifique toison d'or qui rendait fou Jean de Thomeray et Nourvady ! Puis, près de l'oreille, piqués à la diable et tout prêts à tomber, deux beaux épis bien mûrs, bien dorés, dans leur complet épanouissement.

—

Mademoiselle Reichemberg. — En *Marguerite* de *Faust*. Corsage en drap blanc ouvert en carré sur la poitrine, manches à crevés, serrées au poignet ; jupe longue traînante ; ensemble un peu diaphane et surnaturel. Puis dans le dos les deux longues nattes de la tradition ; sur le front, les cheveux blonds tout plats, avec quelques mouvements vers les tempes, soulignant le regard troublant que vous savez. Dans les mains effilées, un gros missel à gravures mystiques.

Ne permettez-vous pas, ma belle demoiselle ?... Vous avez fini par permettre, mais à Faust seulement.

—

Madame Samary. — En *Folie*. Le petit bonnet de satin blanc et cerise, tout garni de grelots, campé sur une chevelure blonde plus ébouriffée que jamais. Corsage à basques pointues, avec des grelots partout, partout : aux manches, aux volants, à la jupe, de manière qu'au moindre mouvement on entende : drin, drin, drin ! En somme, costume d'une gaieté folle. Dans la main, une marotte agitée d'une main sûre. Seulement, avec ce costume-là, il faut rire tout le temps. Comment ferez-vous pour oser montrer vos dents ?

—

II. — GYMNASE

Mademoiselle Marie Magnier. — En *Avocat*. La toque noire bordée de velours crânement campée sur l'oreille. Corsage de satin noir décolleté, sans manches, avec de longs gants noirs montant jusqu'à l'avant-bras ; jupe extra-collante, dessinant la ligne des hanches, mais permettant cependant de faire de grandes enjambées. Puis, jetée sur les épaules, une toge à manches très larges, ne gênant ni les grands gestes, ni l'élévation latérale des bras, ni, en un mot, aucun mouvement nécessaire à l'exubérance de vie de la pétulante et charmante artiste.

—

Mademoiselle Léonide Leblanc. — En *Du Barry*, bien entendu. Coiffure haute, dégageant bien le front intelligent, poudrée à frimas. Corsage à la dauphine, jupe pompadour à longue traîne, le tout posé, majestueux, respirant le luxe et le calme ; costume de la femme arrivée qui sait ce que valent le temps et l'argent, et ne s'amuse plus à badiner avec des petits seigneurs sans importance. Sur les épaules, aux bras, dans les cheveux, deux cent mille francs de diamants.

—

Mademoiselle Gabrielle Gautier. — En *Théroigne de Méricourt*. Chapeau Girondin à cocarde avec large velours et boucle d'argent, bien enfoncée sur la chevelure brune et bouclée ; regard sombre. Haute cravate blanche, habit à revers ; jupe courte, laissant apercevoir la botte de l'amazone. Gant à crispin maniant la cravache avec une adorable maestria. Et il faut que ça marche. Ça ira, ça ira !

—

Mademoiselle Volsy. — En *Bonne Fée*. Diadème d'or posé bien droit sur les beaux cheveux ondés. Jupe à la *Reine Berthe*, souliers à la poulaine ; manteau d'hermine, laissant apercevoir les bras nus et les mains blanches, potelées, avec des fossettes, des mains faites pour laisser pleuvoir sur les humains toutes sortes de dons et de caresses.

III. — VAUDEVILLE

Mademoiselle Blanche Pierson. — En *Ophélie*. Les cheveux en désordre, l'œil égaré : grande robe blanche tombant bien droit (ceci est très important) ; de çà, de là, des algues marines et des nénuphars employés seulement pour l'usage externe.

—

Mademoiselle Gabrielle Réjane. — En *Gavroche*. La casquette molle posée sur l'oreille, la figure éclairée du sourire que vous savez. Col largement ouvert. Blouse de crêpe de Chine bleu, sous laquelle bat un excellent petit cœur, ouvert à toutes les espiègleries, mais aussi à toutes les émotions vraies. Pantalon de satin blanc, un peu court, dessinant la jambe qui est superbe et laissant voir le pied qui est charmant.

—

Mademoiselle Alice Lody. — En *Keepsake anglais*. Grand feutre Devonshire, à plume blanche, servant d'auréole à cette jolie tête blonde, si fine, si éthérée, encadrée de boucles qui ressemblent à des fils d'or. Large col de valenciennes rabattu, mais croisant haut sur le cou et fermé par un cœur en marbre. Corsage en peluche grenat, moulant une taille de guêpe. Longs gants belges très larges, sans boutons. Dans une main, une grande canne ; dans l'autre, un petit roman, tout petit, mais d'un bon auteur.

—

Mademoiselle Juliette de Cléry. — En *Péruvienne*. Mantille campée avec deux épingles d'or sur les cheveux noir-bleu tordus en mille spirales savantes, avec deux grands accroche-cœur qui descendent le long des joues. Regards de flamme, lèvres de pourpre, avec un imperceptible duvet (s'il n'y était pas, il faudrait l'y mettre, mais, à moins qu'on ne l'ait usé, il doit y être encore). Corsage de satin couleur de feu, à manches longues garnies de dentelles noires. Jupe courte, très bouffante par derrière ; bas de soie saumon brodés à côtes de melon ; des jambes qui ne demandent qu'à frétiller.

—

Mademoiselle Hélène Monnier. — En *Cuisinière*, mais hâtons-nous de dire une cuisinière accorte, spirituelle, en bonnet folâtre, orné d'un gros nœud de satin bleu, en jupe claire avec un semis de petites fleurs gaies. Le tablier attaché très bas pour ne pas masquer la taille ; les manches moulant les bras ronds et potelés et un peu courtes. Une de ces cuisinières, enfin, qui remplissent la maison de gaieté et la vie de bonnes gourmandises.

> La femme de feu que je préfère,
> C'est la cui...., la cui...sinière !

IV. — VARIÉTÉS

Madame Judic. — En *Salomé*. La grande perruque noire à longues boucles, masquant la hauteur des épaules ; autour du corps, quelque riche étoffe orientale à larges plis, enserrée dans un cercle d'or ; les bras nus. A la main un tambour de basque pour donner à l'ensemble un air honnête.

—

Madame Théo. — En *Oiseau de paradis*. La tête surmontée d'une aigrette en plumes multicolores ; corsage tout garni de plumes, décolleté à la Jeannette ; jupe très courte, bridée devant, retroussée derrière, de manière à former une queue en éventail. Le haut du corps penché en avant, les bras exécutants des mouvements d'aile, et la tête un peu inclinée à gauche. Là ! ne bougeons plus !

V. — PALAIS-ROYAL

Madame Chaumont. — En *Bordelaise.* Et digue, digue, dingue, mon bon ! Sur le chignon roulé artistement, le madras de rigueur ; le fichu croisé, vert épinard, d'un vert à hurler, sur la jupe cramoisie, d'un cramoisi aveuglant. Au premier abord, ce costume criard est légèrement énervant, mais il est si bien porté qu'on s'y habitue, et qu'on le supporte... mais pas plus d'une heure, par exemple.

—

Mademoiselle Lemercier. — En *Odalisque blonde.* Des sequins dans les cheveux et une robe turque laissant deviner tous les charmes de cette agréable petite boulotte, gaie comme un pinson et grasse comme une caille. Sous la robe turque une chemise de soie bleu de ciel sans couture, un large pantalon en tissu diaphane et des babouches brodées qu'on peut, d'un coup de pied, envoyer à l'autre bout de la chambre.

—

Mademoiselle Marot.— En *Marquise Watteau.* Coiffure Louis XV peu élevée, ne surchargeant pas la tête mignonne. La robe cuisse de nymphe émue garnie d'une ruche rose tuyautée. Au cou même ruche en collier de chien fermé par une perle. Bas de soie chinés et souliers à hauts talons et à bouffettes : un ensemble pimpant, élégant, jeune, exhalant un parfum d'ambre et de poudre à la maréchale.

VI. — RENAISSANCE

Mademoiselle Jeanne Granier. — En *Petit Clerc*. La perruque blonde de Fortunio, un Fortunio qui n'a plus le temps d'être sentimental. La plume à l'oreille, le regard effronté ; le costume sévère du clerc, mais porté d'une manière fantaisiste. Le gilet est entrebâillé, l'habit a de la poudre et des cheveux de femme ; la culotte porte encore les traces de plâtre du mur du voisin. Bast ! est-ce qu'on a le temps de se brosser ? est-ce qu'on a le temps de réfléchir, d'aimer ? La vie est un tourbillon qu'on traverse en chantant : « Tra deri dera ! »

—

Mademoiselle Jane Hading. — En *Chérubin* qui va chanter la chanson à madame. Perruque blonde Régence, yeux rêveurs et tendres. Habit à la française tout simple, sans ornements ; gilet lilas clair, culotte également lilas, moulant un petit corps d'une jeunesse extraordinaire. Malgré ce travesti masculin l'air femme quand même, et dans la démarche une gaucherie charmante. On dirait que Chérubin a oublié ses jupons dans le boudoir de la comtesse.

—

Mademoiselle Mily-Mayer. — En *Volontaire d'un an*, qui serait très volontaire. Le type de l'indiscipline. Le képi à visière tordue, posé sur l'oreille, un col pas d'ordonnance, la tunique débraillée laissant apercevoir le petit gilet à boutons d'or. Les deux mains dans les poches du large pantalon garance, la pipe à la bouche, et pas de principes. Avec cela, si vous n'êtes pas content, tout grand que vous êtes, elle vous passera son sabre-baïonnette au travers du corps. Ah mais !

Mademoiselle Montbazon. — En *Berger d'Arcadie*. Le large chapeau de paille orné de fleurs des champs, campé en arrière, le col de chemise entr'ouvert, une peau de mouton en sautoir, sous le bras un biniou dont on jouera joliment bien d'ici quelque temps et ce sera dommage. C'est si gentil l'inexpérience, et quelle audace lorsqu'on ignore le danger.

—

Mademoiselle Dinelli. — En *Grande Mademoiselle*. Le feutre Louis XIII, à plume rouge, incliné sur l'oreille, la chevelure brune au vent, l'air décidé d'une gaillarde qui n'a pas froid aux yeux. Collerette de dentelles, corsage de velours vert émeraude avec nœuds de satin et ferrets, longue jupe d'amazone. Gants à crispin et sous le bras un petit canon avec lequel elle n'hésitera pas à tuer son mari... même de plaisir.

—

Mademoiselle Rivero.—En *Bandit italien*. Chapeau pointu d'où émerge la chevelure brune et frisée. Veste en velours fauve, ceinture à la taille avec poignards et pistolets. Culotte en velours fauve extra-collante, une culotte avec laquelle il est impossible de s'asseoir. Sur l'épaule un fusil tromblon qui ne rate jamais. Au cou un scapulaire. Après avoir exécuté son homme elle ira demander pardon à la Madone, qui, d'ailleurs, n'aura rien vu, car elle aura tiré devant la statue un petit rideau.

VIII. — AMBIGU

Mademoiselle Massin. — En *Nourrice alsacienne*. Une bonne nounou blonde comme on en voit tant aux Tuileries, gaie, joviale, ne craignant pas le mot pour rire. Avec cela solide à l'ouvrage et ne redoutant pas la fatigue. Sur la tête un gros nœud de velours noir qui ne manque pas de grâce; au cou, une croix à la Jeannette. Enfin, un corsage bien rempli et un sourire charmant.

—

Mademoiselle Lina Munte. — En *Sphinx*. La tête couverte d'une étoffe de gaze lamée d'or qui ne laisse voir que les yeux, mais quels yeux! d'un

bleu d'acier, dévorés d'un feu étrange, cernés de
bistre et frangés de cils noirs d'une longueur
invraisemblable; par moments, mi-clos comme
ceux d'une panthère qui ferait sa méridienne. Le
corps fin, nerveux, avec des souplesses de liane
et enroulé dans une longue robe aux plis sou-
ples, onduleux, aux reflets changeants, émeraude
et rubis, qui donne à la démarche nonchalante
et lasse une étrange majesté.

PROFESSIONS DE FOI

AUX FEMMES DE FRANCE

Mesdames, Mesdemoiselles,

Richard O'Monroy, *toujours soucieux de votre bonheur et de vos intérêts, a pensé qu'il était temps pour vous d'inaugurer une ère nouvelle de progrès et de liberté. Assez longtemps, mesdemoiselles, vous avez accepté des mains de vos mères un mari sans connaître ses antécédents, son programme, sa façon de voir. Assez longtemps, mesdames, vous avez accepté des mains de la destinée, de la* fffatalité, *comme dirait*

Calchas, un monsieur auquel vous avez accordé, suivant le cas, votre main droite ou votre main gauche.

Pour remédier à cet état de choses, Richard O'Monroy *ouvre une tribune impartiale où chaque candidat à vos bonnes grâces pourra élever la voix et faire carrément sa* profession de foi.

Après, vous n'aurez plus qu'à choisir, et, n'écoutant que la voix de votre conscience, vous voterez avec le calme de la faiblesse pour le candidat que votre cœur aura choisi.

Aux urnes, mesdames, aux urnes !

RICHARD O'MONROY.

GONTRAN DE PRÉCY-BUSSAC

Candidat... Rangé

Électrices,

Avec vous, je serai franc. Mon passé vous est inconnu, et c'est bien heureux ; mais mon grand-père l'amiral disait qu'il ne fallait pas rentrer au port sans avoir un peu navigué. J'ai beaucoup navigué. J'ai perdu dans ces voyages ma fortune, mes cheveux et mes illusions. Il me reste mes dents, un beau nom, et un profond dégoût pour les petites dames maquillées qui font le tour du lac. C'est ce qu'on appelle l'amour de la famille et du foyer. Ma parole d'honneur, je crois que je ferai un bon mari. Je rêve déjà de longues causeries, robe de chambre, pantoufles et marmots... endormis. Comme on dit au Cercle, je suis rangé des voitures.

Électrices,

Si ce petit programme vous va, votez pour

GONTRAN DE PRÉCY-BUSSAC,
Mauvais sujet sortant.

—

20.

ANACHARSIS DESLIGNIÈRES
Candidat... Poétique

Ce n'est pas une femme que je cherche, mais
l'âme sœur de la mienne, la compagne des bons
et des mauvais jours, celle avec laquelle je des-
cendrai le chemin de la vie, et qui parfumera
mon existence de sa jeunesse et de sa beauté. En
vain les jours passeront, les heures succéderont
aux heures, mais nous ne nous verrons pas vieillir
et l'amour créera autour de nous un printemps
éternel. Les roses exhaleront vers nous comme
un encens leurs plus douces senteurs, le soleil
nous environnera de ses rayons comme d'un
nimbe d'or, les oiseaux chanteront sur notre
passage leurs accents les plus mélodieux. Alléluia!
Voilà l'amour qui passe.

> C'est la grâce, la fleur, la beauté, la jeunesse,
> La sève, la chanson, l'amour et le printemps
> Qui se sont déguisés, pour qu'on les reconnaisse,
> En fille de vingt ans !

Où es-tu, chère âme, que je t'enlace, que je
t'enlève, fusses-tu au fin fond des enfers !

ANACHARSIS.

P.-S. — Inutile à l'âme de voter pour moi, si
elle ne peut justifier d'un apport de 400,000
francs minimum.

ROBERT POURAILLE

Candidat... militaire.

Moi, je suis un bon garçon !

Je cherche une femme qui soit un bon garçon aussi, et, à nous deux, cela marchera sur des roulettes. J'ai trente-trois ans, je suis capitaine, décoré, et valide. On a mis sur mes notes : « Bon pour le soldat », je crois que je serai aussi bon pour ma petite femme, si elle ne veut pas trop contrarier mes habitudes que je classerai par ordre hiérarchique, comme dans la *Dame Blanche* : l'amour, le vin et le tabac.

Nous irons du nord au midi, de l'est à l'ouest, suivant le bon plaisir du Ministre de la Guerre. Nous n'aurons qu'un cœur, qu'une malle, et... le moins d'enfants possible pour ne pas augmenter les *impedimenta*.

Et maintenant, attention à la dernière partie du commandement :

Votez pour moi, qui est *pour moi*, prenez votre bonne plume de Tolède, le petit doigt allongé sur l'ivoire du porte-plume et votez pour

ROBERT POURAILLE
Au Café des Officiers.

ALCIDE CESARIUS FARNESE

Candidat... de la Force

Je m'adresse aux femmes intelligentes, aux femmes sachant ce qu'elles veulent, qui connaissent et apprécient la valeur des choses.

Je ne suis pas précisément un gommeux. Je n'ai pas de raie au milieu du front comme un archange, ni dans le dos comme un mulet, mais j'enlève 200 kilos à bras tendu et les omoplates n'ont jamais porté.

Avec moi, pas de méprise. On peut voir et toucher, je ne suis pas de ces candidats qui promettent plus de beurre que de pain, et qui, après, refusent la tartine. Tous les travaux promis seront exécutés, fussent-ils au nombre de ceux d'Hercule. Aucune exigence ne me lassera. Je serai toujours prêt à satisfaire au mandat impératif.

Un dernier mot, mesdames, qui, au milieu de ces époques troublées et apathiques, a bien son prix : Quand j'y suis, — j'y reste !

—

MARQUIS DE LA POIRETAPÉE

Candidat de... la Jeunesse.

Mesdemoiselles,

J'ai soixante et quelques années, mais il paraît qu'à la lumière je fais encore illusion. Je crois, sans forfanterie, qu'un homme comme moi, ayant beaucoup vu, et, par conséquent, beaucoup retenu, peut apporter à une toute jeune fille les qualités sérieuses qu'elle est en droit d'exiger de son mari. Quel meilleur Mentor une jeune personne de quinze à seize ans pourrait-elle trouver pour faire les premiers pas dans cette route parsemée de précipices qui s'appelle le monde ? Qui, mieux que moi, pourrait lui dire où le terrain est solide, où elle peut poser le pied sans crainte, ce qu'il faut dire, taire ou éviter ? Je serais en même temps un protecteur, un initiateur et un ami. Avec moi, on n'aurait pas à craindre les entraînements irréfléchis et les folies dissipatrices de la jeunesse.

O jeunes printemps, votez pour mon automne, et il retrouvera pour vous un été de la Saint-Martin !

MARQUIS DE LA POIRETAPÉE
Ancien Garde du corps.

STANISLAS VIOLONSKI

Candidat polonais et... musical.

Mesdames, Mesdemoiselles,

Vous avez toutes, j'en suis sûr, plus ou moins étudié le piano dans votre enfance. Nous nous comprendrons donc parfaitement. Qu'est-ce que le mariage ? Une question d'harmonie. Avec un bon doigté, on arrive à l'accord parfait :

Do-do — Mi-mi — Do-do

Ces mots sont en même temps clairs comme un emblème et caressants comme un chant d'oiseau. La femme est le *chant*. Note haute, claire, persistante, mais incomplète par son élévation même. L'homme est la *basse*, note grave, vibrante, sonore, frissonnante, faite pour donner à la femme toute sa valeur. Faites marcher les deux octaves à deux mains, vous obtenez l'harmonie ; faites marcher les quatre mains et le ciel s'entr'ouvre : un homme et une femme qui se fondent en un suprême accord, c'est le ciel.

VIOLONSKI.

N.-B. —. Les personnes qui n'auraient pas compris peuvent s'adresser individuellement au domicile du candidat : 7, rue Auber. On donnera tous les renseignements désirables et même, au besoin, une audition.

VIRGILE REGLENBOIS

Doyen de la Faculté de Montélimart.

Numero deus impare gaudet ! Le nombre deux se réjouit d'être impair. Hélas ! que ce dicton est faux ! Et combien de fois, en revenant de faire mon cours, l'esprit enflammé par quelque ode d'Horace ou quelque récit de Martial, n'ai-je pas rêvé d'une douce épouse : « *Alma mater,* » qui ornerait mon foyer comme Cornélie, la mère des Gracques, tout en répandant autour d'elle un parfum de vertus domestiques !

Depuis vingt-deux ans, je fais avec gloire mon cours de quatrième au lycée, et jamais, je crois, la toque universitaire n'abrita un cerveau plus amoureux des belles choses de la latinité ; jamais la toge ne drapa ses plis harmonieux sur un cœur plus tourné vers l'étude des classiques. Mais, il arrive un jour où les anciens ne suffisent plus. A mon tour d'entrer dans l'arène tout frotté d'huile comme le lutteur antique :

> A moi la folie des instincts puissants
> Et la folle orgie du cœur et des sens !...

Je sens dans mon cœur un amoncellement de tendresses, capable de fondre les cœurs les plus froids. Allons, mesdames, votez pour Reglenbois qui, en attendant votre verdict, fera retentir les forêts du nom de l'inconnue, la belle Amaryllis.

—

SÉBASTIEN PATER

Candidat de... la génération

Mesdames, Mesdemoiselles,

Je prendrai la question de haut. L'âge d'or est fini. Nous voici à une époque de fer. Les petits amours de Boucher et de Watteau, sauf comme dessus de porte, n'ont plus raison d'être. Tout en ce monde a un but: l'industrie est un moyen d'augmenter la richesse d'un pays ; l'amour doit être un moyen d'augmenter sa population. *Croissez et multipliez*, telle est la loi et les prophètes. L'agriculture manque de bras. La France a besoin d'ouvriers. L'armée a besoin de soldats.

Repeuplons! tel doit être aujourd'hui notre cri de guerre. C'est celui des races du Nord, et il ne faut pas chercher ailleurs le secret de leur supériorité. Il fait froid, on se rapproche, et de ce rapprochement résultent de formidables effectifs.

Plus de ces vils calculs qui limitent les familles. Sur quinze enfants peut-être y aura-t-il un génie ! Peut-être sera-t-il le sauveur, le messie attendu, l'homme providentiel !

Eh bien, quelle est celle d'entre vous qui veut venir m'aider dans cette mission aussi noble qu'élevée ? Je lui promets tout mon cœur et tout mon temps. A chaque nouvel enfant, je sentirai augmenter pour elle ma tendresse et mon estime. A cinq enfants, je commencerai à avoir pour elle de l'affection. A dix, je l'aimerai. A quinze, je l'adorerai. A vingt, j'aurai du respect ; à trente, de la vénération. Quand elle sera morte, j'aurai du fétichisme.

SÉBASTIEN PATER

N. B. — Ne vivant pas sous la loi de Brigham-Young, je ne puis admettre qu'une femme… légitime.

—

OSCAR DE COMFORT

Candidat… Sybarite

Avant tout, je dois vous dire que je tiens atrocement à mes petites habitudes. J'aime les viandes saignantes, les grillades et les vins de Bourgogne. Je fume toujours après mes repas. Je n'ai jamais pu dormir dans la ruelle. Dans le cas où l'on préférerait le bord, on pourrait trancher la difficulté par un lit de milieu.

Pas trop de piano, surtout après le repas. Je supporte la campagne, mais quatre mois de l'année, pas plus, sur lesquels encore faut-il déduire cinq ou six semaines sur une plage folâtre. J'aime à me coucher tard et à flâner le matin en robe de chambre jusqu'au déjeuner. La robe de chambre n'a rien d'héroïque, mais on n'a encore rien trouvé pour la remplacer.

Je préfère les blondes lorsqu'elles sont jolies, les brunes lorsqu'elles sont belles. Ceci est une nuance que je tiens à bien spécifier. Très fantaisiste, il me passe parfois, à n'importe quelle heure et à propos de bottes, des bouffées de tendresse auxquelles j'aime assez qu'on ne fasse pas d'opposition.

Électrices,

Si j'impose ainsi ma façon de voir en fait d'existence, c'est qu'elle est le résultat de longues années consacrées à l'étude de la meilleure façon de vivre. D'ailleurs, je suis prêt à admettre tous les perfectionnements, et à me plier à toutes les concessions nécessaires, si elles doivent nous conduire dans la voie du progrès et du bien-être matériel.

OSCAR DE COMFORT.

MAXENCE DE PARABÈRE

Candidat... de l'essai loyal

Parbleu, mesdames ou mesdemoiselles, je serais bien embarrassé pour vous faire une profession de foi, attendu que je suis persuadé qu'il faudrait, pour vous rendre heureuses, que je devinsse un bonhomme tout différent de celui d'aujourd'hui. Mais ce que je sais et ce que je sens, c'est que décidément l'homme n'est pas fait pour vivre seul, ni pour courir sans cesse après des aventures souvent sans veille ni lendemain. Ce que je sais, c'est que femme ou maîtresse, on est bien aise, en rentrant chez soi, de trouver un intérieur, un foyer, un sourire, un joyeux cri d'enfant. Il faut quelqu'un à qui l'on puisse raconter sans défiance ses craintes, ses espérances, ses désillusions, ses chagrins, certain de ne jamais l'ennuyer ni la lasser, parce que tout ce que vous lui racontez fait partie de sa propre vie à elle.

D'un autre côté, la femme est un livre tellement difficile à lire, qu'on ne peut arriver à le comprendre, je dirais presque à le déchiffrer qu'après de longues années de vie et d'intérêts en commun. Je ne promets donc rien. Je ferai de mon mieux. Vous, de votre côté, vous m'aiderez un peu, et qui sait? peut-être, à nous deux, arriverons-nous à attraper et à emprisonner cet oiseau difficile qui s'appelle le bonheur.

MAXENCE.

Ceci, mesdames, ne sont que des spécimens des millions de profession de foi envoyées. Nous avons, hélas! plus de Précy-Bussac que de Parabère, mais enfin, il en faut pour tous les goûts, et nos candidats ont, du moins, le mérite de la franchise.

Surtout, pas d'abstention!

RICHARD O'MONROY.

FIN

TABLE

—

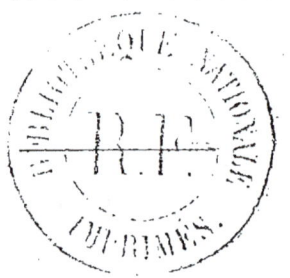

PARIS. — IMPRIMERIE CHAIX, 20 RUE BERGÈRE. — 11126-1.

CALMANN LÉVY, ÉDITEUR

DU MÊME AUTEUR

Format grand in-18

LE CAPITAINE PARABÈRE

3e édition — Un volume

LES FEMMES DES AUTRES

9e édition — Un volume

LA FOIRE AUX CAPRICES

7e édition — Un volume

MONSIEUR MARS

ET

MADAME VENUS

9e édition — Un volume

Paris. — Imprimerie Ph. Bosc, 5, rue Aubel

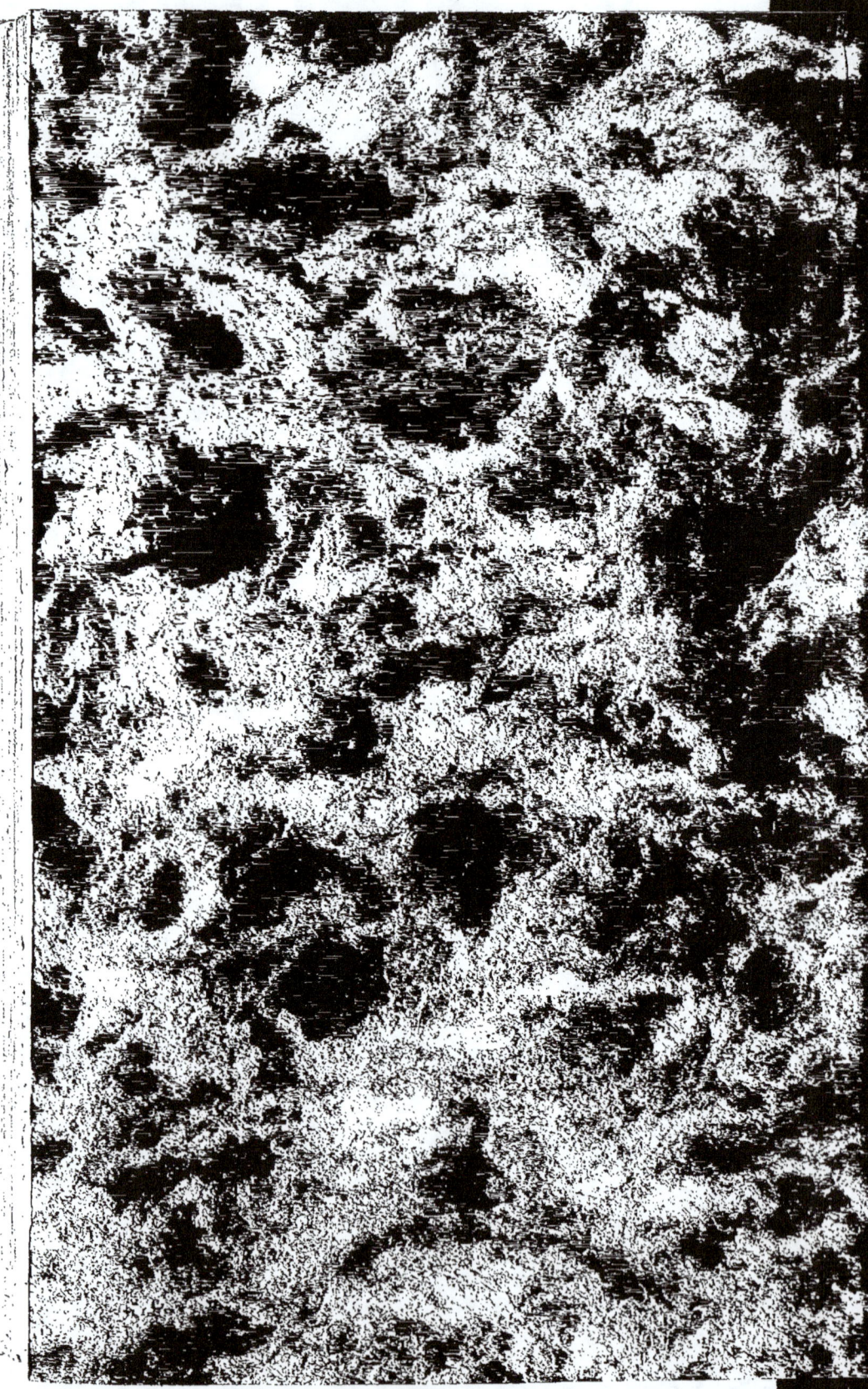

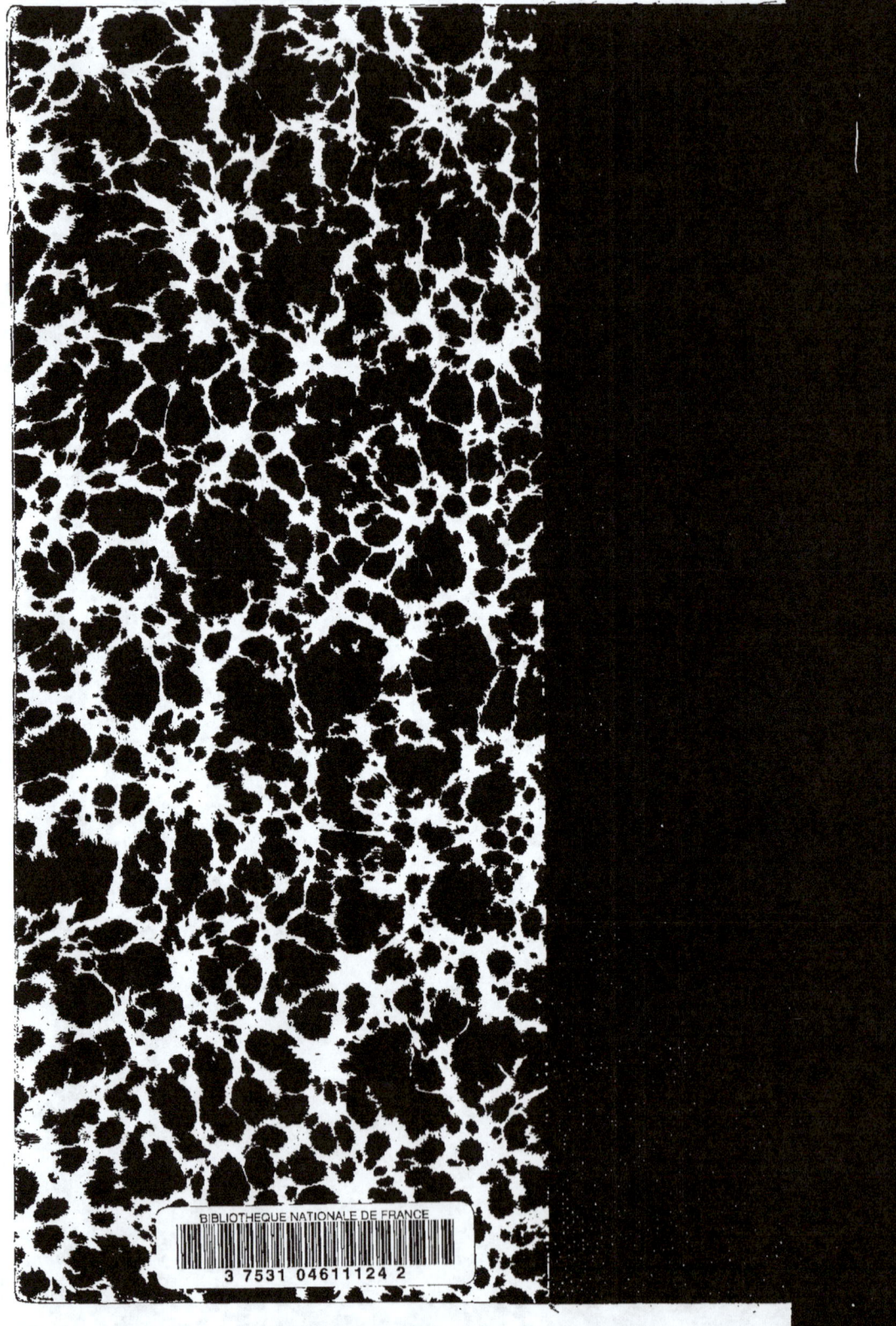